Anett Weber

Heimwärts

Originalausgabe – Erstdruck

Anett Weber

Heimwärts

Roman

Schardt Verlag Oldenburg

Bibliographische Information der Deutschen Bibliothek:

Die Deutsche Bibliothek verzeichnet diese Publikation in *Der Deutschen Nationalbibliografie*; detaillierte bibliographische Daten sind im Internet über *http://dnb.ddb.de* abrufbar.

1. Auflage 2005

Schardt Verlag
Uhlhornsweg 99a
26129 Oldenburg
Tel.: 0441-21779287
Fax: 0441-21779286
Email: schardtverlag@t-online.de
Herstellung: Fuldaer Verlagsanstalt

ISBN 3-89841-199-0

Prolog

Nur in meinen Erinnerungen möchte ich das „Wie“ und „Warum“ endlich begreifen. Sonst ist Vergangenes für mich gleichzusetzen mit Erfahrungen, vorausgesetzt, sie wurden ausgiebig genutzt.

Und so empfinde ich heute eine wunderbare Gelassenheit, nach der ich mich in der Jugend immerzu sehnte, hinterfrage nicht mehr oder erforsche fortwährend all meine undurchsichtigen Gedanken. Ich genieße im Stillen, ohne irgend etwas zu bereuen, und *das* ist einer der großen Gewinne des Alters.

Wissen heißt nicht, es auch umsetzen zu können. Diese Einsicht kostet manchmal viele Jahre eines Lebens. Der Weg dahin, oft ungewiß, hat kein Schild, keinen Wegweiser, und dennoch gibt es ihn. Er führt heimwärts, und eines Tages soll es jedem vergönnt sein, auf die eigene Art fündig zu werden.

Dort angekommen, können alsdann wenige Tage vollkommenen Glücks dergleichen viel bewirken und gar geltend für ein ganzes Leben sein.

Diese Geschichte trägt in erzählender Weise Maries Suche nach ihrem verloren geglaubten Heim, angelehnt und zum Andenken jener Reise der Milda Maria Obenaus, geborene Weber.

Zu Hause in Brasilien (1)

Im Flur des Hauses brennt kein Licht. Ein wenig Sonne scheint durch die offene Eingangstür und gibt sparsam das Innere preis. Vornan steht ein Dielenschrank, gezeichnet vom Alter mit langgestreckten Rissen und blassen Ornamenten, daneben hängt ein Spiegel, vergilbt durch die feuchtwarme Luft Brasiliens. Ein farbloser, vertretener Teppich führt hinauf ins dunkle Obergeschoß.

Es ist das Jahr 1964, und die Geschichte spielt in Schroeder, einem 2000 Seelen zählenden Ort nahe der Stadt Jaraquá do Sul in der brasilianischen Provinz Santa Catarina. Marie Bräuer ist 68 Jahre alt und wohnt hier.

Das Haus steht etwas abseits vom Dorf und zählt in dieser Gegend zu den besseren Domizilen. Nicht jeder kann sich ein Haus aus massivem Stein leisten, noch dazu mit zwei Stockwerken. Bis vor wenigen Jahren lebte Marie gleichfalls in einer einfachen Holzhütte. Die reichlichen Erträge ihrer Felder und glückliche Umstände der nicht vorhersehbaren Jahreszeiten brachten den überraschenden Wohlstand.

Liebend gern steht sie einfach nur genügsam am Fenster und sieht gedankenverloren hinaus auf das Land. Ihr Geist verläßt alsdann manchmal den Raum und kehrt erst Stunden später zurück. So viele Erinnerungen beherbergt dieses Haus. Es steht an derselben Stelle wie die Hütte, die einst gebaut wurde, als sie hierher kamen.

Aus Tradition hat sie sich einen deutschen Kamin setzen lassen, der verstaubt etwas abseits in einer Ecke des Wohnraumes steht. Angesichts des schwülwarmen Klimas war er niemals in Gebrauch. Über ihm hängt ein verschmutztes Hirschgeweih, daneben Erinnerungsfotos der Familie. Auf einem der Bilder ist ein junges, hübsches Mädchen zu sehen, das vor Glück strahlend bei einem Pferd steht.

Marie nimmt das Foto von der Wand und betrachtet es lange und intensiv. Sie denkt an ihre liebevolle Kindheit und daran, daß sie niemals vorhatte, ihr Zuhause zu verlassen. Das Pferd auf dem Foto hieß „Suse“ und gehörte ihrem Vater. Sie weiß es wieder und lächelt geheimnisvoll vor sich hin.

In Gedanken rekonstruiert sie ihr damaliges Heim. Das Elternhaus stand im kleinen sächsischen Ort Hartha, etwa in der Mitte zwischen Dresden und Chemnitz. Ihre Eltern waren einfache Leute und arbeiteten hart für den Erhalt des Bauernhofes. Da Marie keine Geschwister hatte, hofften sie inständig, daß ihre Tochter eines Tages einen anständigen Mann heiraten und das Gut übernehmen würde. Es war ihr ein sorgloses Leben vorherbestimmt, dem Ruhe und Geborgenheit vorauseilte. Wenig von dem jedoch sollte sich erfüllen.

Mit dem Foto in der Hand geht sie zurück zum Fenster und setzt sich in ihren Sessel. Das lange weiße Haar hat sie straff zum Zopf zusammengeflochten und dennoch hängen wie jeher störrische Strähnen ins Gesicht. Ihre Augen sind etwas blasser und farbloser geworden, aber eine Brille benötigt sie nicht. Alles, was sie tatsächlich sehen will, saugt sie dankbar bildlich in sich auf.

Ein junger Mann, der draußen hinter dem Haus auf dem Feld arbeitet, erhellt ihre Seele. Neugierig beobachtet sie ihn für einen Moment. Er stapelt eifrig Maiskolben zu geordneten Haufen und verteilt sie auf dem Acker. Die Ernte muß schnellstmöglich eingebracht und das Feld neu bestellt werden. Im gewohnten Rhythmus und mit geübten Handgriffen geht er mühelos der Arbeit nach.

Marie kennt jede Faser seines Körpers und liebt alles an ihm. Er steht im Einklang und in Harmonie mit ihrem Leben, wissend, den Lauf der Dinge nicht beeinflussen zu können. Mit einem zufriedenen Lächeln überläßt sie ihn seiner Arbeit und sinkt beruhigt im Sessel zurück.

Ein Gefühl von Heimat

Wir gehen 44 Jahre zurück und schreiben das Jahr 1920. Marie sitzt auf der Behandlungsliege des heimischen Arztes und läßt nervös die Beine baumeln. Zum wiederholten Mal hofft sie auf die alles entscheidende Nachricht und hat sich aus gegebenem Anlaß eines ihrer hübschesten Kleider angezogen. Obwohl es bereits Herbst in Deutschland ist, zeigt sich an diesem Tag der Oktober von seiner goldensten Seite. Die Temperaturen sind auf wohlige 17 Grad angestiegen.

Ihre langen, gewellten, dunkelbraunen Haare hat sie zum Zopf zusammengeflochten, und einzelne Strähnen hängen wie immer wirr ins Gesicht. Sie zappelt ungehalten und kaut fahrig auf ihren Fingernägeln. Wie ein kleines Mädchen, das aufgeregt zu Weihnachten auf die Bescherung wartet, pocht ihr Herz.

Geduld, das ist eine der Tugenden, mit der Marie bisher nichts anzufangen weiß. In ihrem jugendlichen Eifer versucht sie, alles sofort zu erledigen, und erwartet das ebenso von ihrem Gegenüber.

Der Arzt, ein weißhaariger, hochgewachsener Mann, betritt wortlos das Sprechzimmer. Er lächelt wohlwissend, kennt Maries Familie gut, hat bereits ihre Mutter und wiederum deren Mutter behandelt. Er ist ein wohltuender Doktor, redet nicht viel, sorgt aber dennoch für die nötige Geborgenheit seiner Patienten.

„Ich gratuliere Ihnen. Sie sind tatsächlich schwanger", sagt er ruhig.

Marie rutscht von der Liege. „Ist das wirklich wahr?"

Er nickt zustimmend.

Ohne an das Verhältnis Arzt zu Patient zu denken, fällt sie ihm spontan um den Hals, läßt wieder los und klatscht vergnügt in die Hände. Sie hat es sich so sehr gewünscht. Fast jeder Gedanke drehte sich in den letzten Monaten um dieses Thema.

Und dennoch wirkt Marie sogleich verschüchtert, allen Anschein nach innerlich aufgewühlt, zunächst ihrer Freude freien Lauf lassend, um anschließend betroffen zu Boden zu blicken.

Der Arzt glaubt, ihre Gedanken zu kennen. Er hat sie eingehend mit ihren gesundheitlichen Problemen begleitet. „Schonen Sie sich jetzt besonders. Die Hepatitis im vergangenen Jahr hat bei Ihnen Spuren hinterlassen. Vermeiden Sie deshalb lieber alle Aufregungen“, erklärt er ernst.

Marie richtet sich optimistisch auf. „Das kann mir keiner mehr nehmen! Ich werde alles tun, was Sie sagen, ... alles! Wann muß ich wieder zu Ihnen kommen?“

Der Arzt überlegt kurz. „Jetzt in der ersten Zeit so oft es möglich ist, einmal die Woche wäre ratsam.“

Marie nickt eifrig, reicht ihm zum Abschied die Hand und läuft freudig hinaus.

Draußen atmet sie tief durch, schaut zum Himmel und schickt gedanklich ein kleines, dankbares Gebet hinauf. Das Herz klopft ihr derb bis zum Hals, und der ganze Körper zittert vor Freude. Die Anspannung der vergangenen Tage fällt endlich ab. Ihr lang ersehnter Wunsch scheint nunmehr zum Greifen nahe.

Sie läuft vergnügt die Straße hinunter und hüpft regelrecht von einem Bein auf das nächste. Wie von selbst grüßt sie die Bauern am Wegesrand. Anna und Gerhard Meier, die Heu für ihr Vieh einfahren, winken ebenso selbstverständlich zurück.

Die Menschen von Hartha erleben im Moment schwere Zeiten. Der Erste Weltkrieg hat unüberwindbar erscheinende Gräben hinterlassen. Das Geld bleibt aus, und die Bauern kämpfen erbittert um ihre bloße Existenz. Viele bleiben beharrlich, einige jedoch wollen dem entfliehen und anderswo neu beginnen. Geschichten vom besseren Leben im fernen Ausland machen die Runde. Auch Marie hat davon gehört. Einen anderen Ort als diesen kann sie sich für ihre Familie allerdings nicht vorstellen.

Jenseits der Straße gibt es einige verlassene Bauerngüter, eingefallen und heruntergewirtschaftet, verwahrlosen sie langsam vor sich hin. Marie bleibt einen Moment verträumt stehen. Sie kennt es nicht anders, wünscht sich aber gerade jetzt, wo sie ein Kind erwartet und bald eine eigene Familie haben wird, daß die Menschen schon bald zu ihrem gewohnten Alltag zurückfinden.

An einer Pferdekoppel streichelt sie eines der Tiere und redet beruhigend auf es ein. Nicht weit entfernt beobachtet sie der alte Bauer Fred und hebt seine Hand höflich zum Gruß. Marie antwortet mit einer freundlichen Geste.

Ihr Weg führt sie weiter zum Bäckerladen des Dorfes. Montags, so kurz nach dem Wochenende, sind die Brote besonders frisch, und entsprechend groß ist der Andrang. Marie sieht unzufrieden die vielen Kunden und läuft geradewegs an ihnen vorbei. Sie möchte nichts kaufen, sondern vielmehr ihrer besten Freundin so schnell wie möglich die freudige Neuigkeit erzählen.

Elisabeth Wagner ist Verkäuferin in dem Laden und hat in diesem Augenblick alle Hände voll zu tun. „Marie, was machst du hier um diese Zeit?“ fragt sie überrascht.

„Ich muß dir dringend etwas Wichtiges erzählen“, antwortet diese sogleich und steht unsicher vor der Ladentheke. Ihr Blick verrät, daß sie etwas ganz Besonderes auf dem Herzen hat.

Die Freundin bedient noch schnell zwei Kunden, nimmt Marie flugs an die Hand und zieht sie nach hinten in einen angrenzenden Raum.

„Was ist? Ich habe wirklich nicht viel Zeit“, sagt Elisabeth gehetzt.

„Ich bin schwanger“, flüstert Marie, ohne den passenden Zeitpunkt abzuwarten.

Die Augen der Freundin weiten sich vor Erstaunen, und begeistert hält sie die Hände vor ihren offenen Mund.

„Das ist ja wunderbar! Seit wann weißt du es denn?“

Marie kommen die Tränen. „Ich war gerade beim Arzt.“

Elisabeth fällt ihr um den Hals und drückt sie ganz fest.

„Stell dir vor, bald werde ich doch noch eine kleine Familie haben“, preßt Marie schluchzend hervor.

„Ja, und einen dreckigen Kinderpopo saubermachen müssen“, entgegnet die Freundin lachend.

Marie wischt sich schnell eine Träne beiseite und nickt beherzt. „Dann kann vielleicht Georg auch endlich wieder glücklich sein?“

Elisabeth wird plötzlich ernst. „Weiß er es denn schon?“

Verneinend schüttelt Marie bedächtig den Kopf. In ihre Freude mischen sich Gefühle der Angst. Sie weiß, daß Georg, der Vater des Kindes und ihr Mann, die Neuigkeit nicht ertragen wird. Seit jüngster Zeit ist sein Wunsch nach einer eigenen Familie erloschen.

Elisabeth kennt diese Sorgen, versucht aber, positiv wie ihre Natur es einmal ist, Marie aufzumuntern. „Bestimmt freut er sich. Du brauchst einfach nur *Geduld*“, sagt sie und gibt zu verstehen, daß sie wieder zurück an die Arbeit muß.

Der eigene Wille versagt

Georg zäumt das Pferdegespann auf Maries elterlichem Bauernhof. Gemeinsam wohnen sie hier, denn entgegen der üblichen Traditionen, die besagen, daß der Erstgeborene den Hof übernimmt, blieb er nicht bei seinen Eltern, sondern zog nach der Heirat zu Marie.

Er ist 26 Jahre alt und ein zäher Naturbursche durch und durch. Seine großgewachsene Statur und der stehengelassene Dreitagebart verleihen ihm Stärke und Selbstbewußtsein, der vom ständigen Arbeiten in der Sonne braungebrannte Oberkörper Stattlichkeit und Glanz. So positiv Georgs äußeres Erscheinungsbild jedoch wirken mag, innerlich scheint er verbittert und unzufrieden. Ohne offensichtlichen Grund flucht er unentwegt vor sich hin.

Als Marie durch das Tor auf den Hof gelaufen kommt, ignoriert er sie einfach, will aufsitzen und schlichtweg davonreiten.

Sie läuft indessen direkt auf ihn zu, um sich alsbald die Neuigkeit von der Seele zu reden.

„Georg, ich muß dir etwas erzählen", sagt sie schnell.

„Nein, nicht jetzt. Ich habe dir später auch etwas zu sagen", entgegnet er bestimmend und gibt dem Pferd die Peitsche.

„Vorher bin ich aber noch in der „Räuberschänke"", ruft er über seinen Rücken hinweg und fährt bereits zum Tor hinaus.

Mehrmals die Woche kehrt er ins nahegelegene Gasthaus ein, trifft Männer des Dorfes und trinkt sich seinen Kummer von der Seele.

Marie läßt enttäuscht die Arme hängen und schüttelt traurig den Kopf. Sie hatte befürchtet, daß es nicht leicht sein würde, überhaupt erst einmal mit ihm zu reden. Nun jedoch ließ er ihr nicht einmal mehr diese Chance.

Im Haus sitzen ihre Mutter Waltraud und der Vater Heinrich am Küchentisch beim Essen. „Gut, daß du da bist, Marie. Es gibt wunderbare Neuigkeiten", sagt der Vater sogleich.

„Ich habe endlich jemanden gefunden, der das kleine Haus nebenan günstig herrichten kann. Ihr hättet dann euer erstes eigenes Zuhause!" Begeistert sieht er sie an und erwartet eine freudige Reaktion seiner Tochter.

Statt dessen steht Marie nervös im Türrahmen. Sie weiß, daß ihre Eltern unendlich viele Opfer brachten. Sie hatten selbst kaum Geld und lebten knapp an der Armutsgrenze. Mit Georgs unfreiwilliger Hilfe konnten sie wenigstens etwas die Landwirtschaft in Bewegung bringen. Nach dem Krieg hat er sich jedoch stark verändert, ein sorgloser Umgang mit ihm fällt allen zunehmend schwer. Er redet kaum noch und betrinkt sich immer öfter mit den Männern im Gasthaus.

Marie nickt zögerlich ihrem Vater zu. Der langjährige Wunsch, ein eigenes Kind und dazu ein Heim zu haben, würde sich endlich erfüllen. ‚Doch wo steht Georg bei diesen Plänen', fragt sie sich traurig in Gedanken.

„Was ist los?“ will die Mutter besorgt wissen. „Du bist so blaß.“

Marie reagiert zurückhaltend. „Nein, es geht mir gut. Das mit dem Haus ist wirklich schön, und ich weiß auch gar nicht, ob ich das Geschenk annehmen kann, Vater“, sagt sie verantwortungsvoll und meint, ihren Eltern in diesem Moment noch nichts von dem Baby erzählen zu können. Zuerst soll es Georg erfahren.

Ohne ein weiteres Wort verläßt sie die Küche und geht in Folge pflichteifrig ihrer täglichen Hausarbeit nach.

Georg bleibt unterdessen wie so oft den ganzen Nachmittag fort. Marie hat es mittlerweile aufgegeben, fürsorglich auf ihn zu warten. Nach vollbrachtem Tagwerk hockt sie verträumt im Abstellraum des Hauses vor einer kleinen, verstaubten Kinderwiege. Sie pustet den Schmutz beiseite und berührt liebevoll das Holz.

Vor drei Jahren heiratete sie Georg während der Zeit des Krieges. Sie kannten sich kaum, doch Marie erwartete bereits ein Kind. Eine Heirat war deshalb unumgänglich, andernfalls hätten sie in Schande leben müssen und ihre Familien wären zerrüttet gewesen. Voller Freude auf den Nachwuchs zimmerte der alte Bauer Fred, der wie ein Großvater für sie war, diese Kinderwiege. Eines Tages stand sie einfach vor ihrer Tür, liebevoll bemalt mit Blumen und ovalen Ornamenten.

Wenig später zog Georg in den Krieg. Jeder brauchbare junge Mann mußte, ob er wollte oder nicht, jene Vaterlandspflicht erdulden. Die Erlebnisse, die er dort erfuhr, veränderten ihn gänzlich. Als ein anderer Mensch, rastlos, unnachgiebig und verbittert, kehrte er eineinhalb Jahre später zurück.

Währenddessen hatte Marie ihr Kind verloren, eine Fehlgeburt, wie der Arzt feststellte. Er legte dafür ihre angeschlagene Gesundheit und die Wirren des Krieges zugrunde. Für die Familie begann eine schwere Zeit. Marie, in ihrem ehrlichen und unschuldigen Glauben, hoffte und wünschte seitdem, ein weiteres Kind könnte sie vor Schlimmerem bewahren.

Jetzt, wo es soweit ist, schwindet jene Hoffnung auf unerklärliche Weise. Ein nicht zu deutendes, unheilvolles Gefühl verwehrt ihr das offene Glück. Vorahnungen, die sie schon immer hatte und nie zu deuten wußte, erobern ihr innerstes Wesen. Den Hang zu pessimistischen Gedanken kann sie in diesem Moment nicht verleugnen.

Leise Stimmen von draußen reißen sie aus ihrer Nachdenklichkeit. ‚Georg scheint nach Hause gekommen zu sein', denkt sie und läuft ihm entgegen. Sogleich wird sie enttäuscht, da ein weiterer Mann, Georgs Freund Walter, mit ihm auf dem Hof steht.

Marie hat ihn nicht erwartet und sieht nun wiederum keine Chance, die Neuigkeit der Schwangerschaft zu erzählen. Die Enttäuschung darüber wechselt jedoch schon bald in Skepsis, als sie bemerkt, daß sich die beiden Männer anders verhalten als sonst.

„Morgen früh um 5 Uhr geht der Zug", flüstert Walter geheimnisvoll.

Georg nickt nur kommentarlos.

Marie, die wissen möchte, worum es geht, mischt sich nichtsahnend ein. „Ich wußte gar nicht, daß du wegfährst, Walter?"

Unsicher und schulterzuckend fällt sein Blick von Marie auf Georg. Ihm ist bewußt, daß sein Freund offensichtlich noch nicht mit seiner Frau gesprochen hat.

Dieser ignoriert die Frage jedoch und widmet sich aufgeregt seinen eigenen Sorgen.

„Was und wieviel dürfen wir überhaupt mitnehmen", fragt er Walter, der daraufhin nichtwissend die Schultern hebt.

„Mitnehmen? Wir?" Marie sieht abwechselnd zwischen den beiden Männern hin und her.

„Jetzt sag es ihr doch endlich", rät Walter seinem Freund.

Georg scharrt nervös mit den Füßen im Dreck.

„Ja, Marie, äh ... stell dir vor, wir haben es endlich geschafft. Weißt du noch? Kannst du dich an unsere Pläne erinnern, den Traum vom fernen Land?“

Zunächst bleibt sie zögernd stumm und läßt ihn weiterreden.

„Wir wollten doch ganz woanders neu anfangen, nicht wahr?“

„Nein, nein, du wolltest das“, entgegnet sie nun. „Und außerdem hat sich die Angelegenheit längst erledigt. Wir können hier bei meinen Eltern wohnen. Sie brauchen irgendwann sowieso unsere Hilfe. Das kleine Haus nebenan steht leer und wird jetzt sogar für uns ausgebaut.“

Er wußte nichts davon und blickt überrascht in ihr Gesicht.

„Es ist doch nicht schlimm, daß dein Bruder euren Hof übernommen hat. Und die Schulden, daß ... .“

„Sei still, verdammt“, fällt er ihr grob ins Wort. „Nichts hat sich erledigt! Von wegen, es ist eine Schande! Ich bin der Erstgeborene. Ich habe für unser Land gekämpft und muß jetzt zusehen, wie dieser Taugenichts mir alles wegnimmt!“

„Aber sie konnten doch nicht wissen, wann und ob du überhaupt heimkehren würdest“, redet sich Marie in Rage und senkt betroffen den Blick. Hilfesuchend tritt sie ein wenig näher an Walters Seite, der ratlos und schweigend neben ihr steht.

Georg fühlt sich von ihren Worten gekränkt. Sie haben ihn mehr getroffen, als er jemals zugeben würde. Um nicht gänzlich den Boden unter den Füßen zu verlieren, hält er stur an seinem Vorhaben fest.

„Wo wir hingehen, wird uns die Welt offenstehen, verstehst du?“

Marie schüttelt heftig den Kopf. „Was meinst du damit genau?“

Walter verliert langsam die Nerven. „Jetzt sag es ihr doch, sonst tue ich es“, mahnt er seinen Freund vorwurfsvoll.

Georg überlegt kurz, baut sich dann vor ihnen auf, holt tief Luft und beginnt, stolz zu erzählen. „Wir gehen nach Brasilien, schon morgen.“

Als hätte sie sich verbrannt, weicht sie getroffen einen Schritt zurück. Seine Worte hallen endlos in ihrem Ohr. Wie ein Echo wiederholen sie sich wieder und wieder: *Brasilien, Brasilien, schon morgen.*

Hilflos steht sie den Männern gegenüber und versucht, deren Blicke zu deuten. Sie kann darin sehen, daß sie es ernst meinen. Eiseskälte durchdringt sie, alles dreht sich und versinkt im endlosen Nichts. Die Schultern hängen Marie kraftlos am Körper und kein Moment ihres Lebens erschien ihr je so einschneidend negativ wie dieser.

Walter betrachtet sie mitfühlend und schweigt. Georg hingegen bleibt hartnäckig bei seiner Ansicht und verliert kein weiteres Wort darüber. Er konnte noch nie offen Gefühle zeigen. Ein Entgegenkommen in diesem Moment steht deshalb außer Frage. Die Entscheidung ist gefallen, und Marie muß sie akzeptieren.

Eine beschwerliche Reise

Der Zug steht abfahrbereit am Bahnhof des von Hartha benachbarten Ortes Frankenstein. Marie und Georg haben ihr Gepäck auf einen Handwagen verladen, der beinahe unter der Last zusammenbricht. Am Vorabend mußte alles ganz schnell gehen. Ohne den Eltern von ihrer Reise zu erzählen, packten sie das Nötigste ein, änderten es mehrmals, bis am Ende fast nur noch Nahrungsmittel übrig waren.

Elisabeth und Walter haben sie zum Bahnhof begleitet und wollen ihren Freunden die besten Wünsche mit auf den Weg geben. Keiner von beiden traut sich, seine Einwände offen auszusprechen, immer im Hinterkopf, doch nur die falschen Worte zu finden. Niemand außer Georg scheint wirklich überzeugt von der Auswanderung.

Walters Blick verrät unendliche Sorgen. Er weiß demgegenüber, wie starrköpfig sein Freund ist und daß nichts in der Welt ihn augenblicklich umstimmen würde.

Die beiden Männer kennen sich seit der Schulzeit und waren immer befreundet. Eine Bindung auf derart lange Zeit schweißt zusammen, auch wenn sie manchmal anderer Meinung waren. Im Grunde sind sie aus demselben Holz geschnitzt.

Ähnlich verhält es sich bei Marie und Elisabeth, obwohl letztere zwei Jahre älter ist. Die Höfe ihrer Eltern liegen einander schräg gegenüber, und als Kinder haben sie oft zusammen die Ziegen oder die Gänse gehütet. Mit dem heutigen Tag soll auch ihre Verbindung fortan unterbrochen werden.

Unbeholfen tritt Marie von einem Bein aufs nächste und pustet zappelig eine störrische Haarsträhne aus ihrem Gesicht. Elisabeth nimmt sie noch einmal liebevoll in den Arm. „Ich werde dich vermissen“, sagt sie traurig.

Marie nickt und schluckt den Kloß im Hals hinunter. Sie hat die Freundin gebeten, ihren Eltern erst dann Bescheid zu geben, wenn sie unerreichbar fort sind. Sie weiß, es hätte ihnen das Herz gebrochen, und ihre Mutter würde versuchen, sie zurückzuhalten.

Marie selbst handelt, indem sie Georg folgt, völlig willenlos und wiederholt innerlich fortwährend ein und denselben Gedanken: ‚Ich gehöre zu ihm. Ich trage unser gemeinsames Kind in mir.‘ „*Ich gehöre zu ihm.*“ Die letzten Worte hat sie geflüstert und spricht hilflos weiter. „Es ist doch richtig, was ich tue, oder?“

Elisabeth sieht sie zweifelnd an und hebt nichtwissend die Schultern.

Marie möchte noch etwas hinzufügen, als sich Georg unsensibel dazwischenschaltet. Er nimmt ihre Hand und zieht sie weg von der Freundin. Die beiden Frauen schauen sich ein letztes Mal kurz an. Walter stellt sich tröstend neben Elisabeth. Vernünftig, wie seine Natur ist, versucht er, Haltung zu bewahren und gibt letzte Instruktionen für die Fahrt. „Hast du das Ticket für das Schiff?“

Georg kramt in seiner Tasche und wedelt stolz mit dem Stück Papier. Er hat es heimlich gekauft und am Vortag in der „Räuberschänke“ von einem Fremden bekommen. Es war eines der teuersten Geschäfte, das er je machte. Ihr gesamtes Erspartes gab er, ohne Maries Wissen, dafür hin.

„Schreibt doch gleich, wenn ihr angekommen seid“, versucht Elisabeth, mit aufmunternden Worten ihre eigene Traurigkeit zu überbrücken.

Walter bleibt unterdessen pragmatisch beim Organisatorischen. „Und vergiß nicht, Georg! Lukas Berthold heißt der Mann. Ich kenne ihn gut. Er muß wenige Tage vor euch drüben ankommen und weiß, wo und wie ihr euer Land kaufen könnt.“

Georg nickt zufrieden. Innerlich scheint er nun doch etwas nervös zu werden, froh über jede Hilfe, die er im neuen Land bekommen kann. Seine Vorbereitungen waren nicht so umfangreich, wie er es sich gewünscht hätte. Die Entscheidung kam für ihn ebenso plötzlich wie für Marie. Der Fremde bot ihm das Ticket unvermittelt bei der letzten Einkehr ins Gasthaus an und erzählte von den vielen Deutschen, die derzeit nach Brasilien gehen würden, und wie gewinnbringend es da wäre.

Land im Überfluß, keine Einschränkungen seitens der Regierung, was die Bewirtschaftung der eigenen Felder angeht, und vor allem *Freiheit*. Endlich würde Georg das bekommen, wonach es ihn dürstete. Eingeengt, wie in einem Korsett, fühlte er sich Tag für Tag. Seine Familie, sein Erbe, sein Leben, alles verlief anders, als er es sich erträumte.

Vergangenes abstreifen und die Heimat hinter sich lassen, das möchte er und glaubt darin die Lösung seiner ewigen Unzufriedenheit zu finden. Nie wieder will er für dieses Land in irgendeiner Art kämpfen müssen. Er ist überzeugt, daß Marie ihm eines Tages dafür danken wird.

Der Zug muß jede Minute abfahren. Georg nimmt das Gepäck vom Handwagen und stellt die einzelnen Stücke in den Gang des Waggons. Marie klettert die Treppe hinauf und verstaut die Sachen im Innenraum. Ein letzter Gruß durchs Fenster und sie verschwindet. Georg bleibt länger an der Waggontür stehen. Er hebt die Hand zum Abschied und der Zug fährt an.

Im Inneren hat sich Marie einen Platz gesucht. Machtlos läßt sie sich in den Sitz fallen, hockt die Füße auf eines der umherstehenden Gepäckstücke, schaut zum Fenster hinaus und saugt die letzten Bilder der geliebten Heimat in sich auf.

Ihre Gedanken sind bei dem, was sie im Begriff ist zu verlieren. Hin und her beginnt sie abzuwägen, wie es sein könnte, was gewesen wäre, warum sie keinerlei Gegenwehr zeigte und wieso das alles gerade mit ihr passierte. Sie zermartert sich den Kopf bis es schmerzt, immer und immer wieder. Die gesamte Fahrt grübelt sie, ohne ein sinnvolles Ergebnis zu erhalten, außer, daß alles umsonst sein könnte.

In Hamburg angekommen, wartet das Schiff, das sie Richtung Südamerika bringen wird. Die Überfahrt dauert insgesamt drei lange Wochen. Das Ticket, auf das Georg so stolz war und das gemeinsame Vermögen gesetzt hatte, stellt sich als ungültig heraus. Der Fremde war offensichtlich ein Betrüger.

Nichts entspricht dem, wie er es sagte. Marie und Georg müssen an Bord arbeiten, um die Reise und das Wenige, was sie zu essen bekommen, zu zahlen. Viele, die ebenfalls auswandern wollen, hätten dies wahrscheinlich als Glück bezeichnet, denn die meisten mit ungültigem Ticket wurden schlichtweg zurückgelassen.

Maries körperlicher und seelischer Zustand verschlechtert sich Tag für Tag. Die schwere Arbeit an Bord und das spärliche Essen zehren an ihren Kräften. Die ungewohnte Seeluft macht die Haut trocken und die Hände spröde.

Auch Georg wird zunehmend kraftlos. Das unendliche Meer, schlechtes Wetter und Wellen, die immer wieder erbarmungslos mit brachialer Gewalt über die Reling hereinstürzen, sorgen für Unmut, Selbstironie und Wahnsinn. Die Zeit scheint beengend langsamer zu vergehen als sonst.

Völlig erschöpft und weltentfremdet nähern sie sich schließlich ihrem Ziel. Es läßt sich nur schwer verstehen, daß damit die Tragödie erst ihren Anfang nimmt.

In einem fremden Land

Im Hafen von São Francisco do Sul in Brasilien wimmelt es, trotz der frühen Morgenstunde, von auswandernden Menschen. Aller Herren Länder sind hier vereint, Portugiesen, Spanier, Engländer, Holländer und Italiener. Es herrscht unbeschreibliches Chaos. Unterschiedliche Sprachen versuchen, sich an Lautstärke zu übertönen. Organisation heißt, sich mit Fäusten durchzusetzen oder aber den längeren Atem der *Geduld* zu haben. Beides Eigenschaften, die Marie und Georg fehlen.

Der Bahnhof soll direkt in der Nähe sein. Nach Walters Information können sie zu Fuß dorthin gehen. Sie versuchen es vergebens, denn ein Hindurchkommen scheint beinahe unmöglich. Dicht an dicht drängen sie sich Meter um Meter durch die Menge, ohne zu wissen, wo der Alptraum endlich sein Ende findet. Marie hält sich verkrampft am Handwagen fest. Sie hat große Angst, Georg zu verlieren.

Dann hören sie das erlösende Schnaufen des Zuges. Sie folgen dem Signal und finden das Abfahrtsgleis. Der Zug dampft jedoch bereits verdächtig stark und setzt sich in diesem Moment auch schon in Bewegung. Georg dreht sich enttäuscht zu Marie um, die ihn verzweifelt anstarrt.

Er überlegt kurz. „Bleib du hier. Ich schaue mich um, ob es einen weiteren Zug gibt", schreit er und läßt sie, ohne auf eine Antwort zu warten, stehen.

Marie setzt sich träge auf das Gepäck. Ihr ist es mittlerweile egal, ob sie heute Nacht hier auf dem Bahnhof, am Hafen oder irgend woanders übernachten muß. Es macht für sie keinen Unterschied, alles ist gleichermaßen fremd.

Zwei Stunden später jedoch sitzen sie bereits im nächsten Zug. Das Abteil der wackeligen brasilianischen Eisenbahn ist bis zum letzten Platz gefüllt. Marie und Georg hocken deshalb unbequem auf ihren Koffern und können sich kaum bewegen. Die Luft ist unerträglich schwül und heiß. Zu jener Jahreszeit, es ist Ende Frühling, kann es bereits bis zu 40 Grad warm werden.

Georg rinnt unentwegt Schweiß von der Stirn und in der Luft fliegen fortwährend kleine Insekten umher. Sie suchen sich dankbar menschliche Opfer und stechen unentwegt zu. Gereizt schlägt er immer wieder danach, ohne sichtbaren Erfolg.

Marie versinkt unterdessen in ihre eigene Welt. Abwesend und innerlich leer schaut sie über die vielen Menschen hinweg zum Fenster hinaus.

Eine unvergleichliche Landschaft baut sich dort vor ihr auf. Sie glaubt zu träumen, denn noch nie hat sie so etwas gesehen, geschweige denn, daß sie davon wußte. Riesige Berge mit unberührten Wäldern, aus denen Nebel aufsteigt, zwischendurch ein paar Lichtungen, wo sich Sonnenstrahlen hindurchkämpfen. Dann ist wieder alles dicht von Vegetation. Bäume, Sträucher und Lianen wechseln sich ab und allerlei bunte Vögel, die sie nicht kennt, fliegen umher. Die Blätter der Pflanzen geben ein saftiges Grün, wie es sonst nur in Erzählungen beschrieben wird.

Die Fahrt führt sie weiter in eine Ebene, vorbei an Reisfeldern und Bananenplantagen. Der Anblick erinnert ans Paradies, zeigt aber gleichzeitig, wie viel harte Arbeit dahintersteckt. Auf den Feldern stehen Bauern, die mühevoll den Acker bearbeiten.

Die Sonne wird greller und scheint direkt zum Fenster herein. Ab und an jedoch, von einzelnen Wolken verdeckt, entgleitet Maries Bild ein wenig. Sie kann nicht mehr unterscheiden zwischen Traum und Wirklichkeit. Die Luft vibriert, und es scheint, als wenn die Hitze förmlich sichtbar wird, um anschließend in allen erdenklichen Farben flimmernd zu zerfallen.

Ein Ruck, der Zug stoppt und die Bremsen quietschen. Georg schaut neugierig hinaus. „Sind wir da? Ja, endlich, wir haben es geschafft!“ Vor Aufregung schüttelt er mit leuchtenden Augen Marie an den Schultern.

Der Zug ist in einen unscheinbaren, kleinen Bahnhof eingefahren. Am Gleis steht eine Holzhütte und trägt das Schild mit der Aufschrift „Jaraguá do Sul“.

Sie sind tatsächlich angekommen. Marie, die schwermütig aus ihrem Tagtraum erwacht, atmet vorerst tief durch.

Zum ersten Mal betreten sie bewußt den brasilianischen Boden, der nunmehr ihre neue Heimat werden soll. In Georg erwachen sogleich die verloren geglaubten Lebensgeister. Er meint förmlich zu spüren, daß jener Ort entscheidend für ihn werden könnte. Seine Gedanken wirbeln daher wild durcheinander.

‚Wo soll er nur anfangen, und was hat Walter ihm alles erzählt?‘ Sein Kopf ist leer. Die Eindrücke der unwirklich neuen Umgebung vernebeln gänzlich seine Sinne.

„Wo ist jetzt dieser Lukas Berthold, von dem Walter erzählte“, fragt Marie ihn wie aus der Ferne und holt Georg zurück in die Gegenwart.

„Richtig, wir müssen ihn unbedingt finden“, antwortet er aufgeregt, denn allein gelassen an diesem Ort, so fürchtet er, erwartet sie nichts Gutes.

Fremdartige Menschen in ungepflegten Kleidern stehen am Bahngleis, die sie neugierig beäugen und ihnen ab und an unverständliche Worte zuwerfen. Marie und Georg kennen diese Sprache nicht, geschweige denn die Art und Weise der Menschen. Augenblicklich wird klar, wie blauäugig sie an die Reise herangegangen waren.

Lukas Berthold, so hat es Walter gesagt, wollte sich die ersten zwei oder drei Tage in einem kleinen Hotel im Stadtzentrum gleich neben der Kirche niederlassen. Ein Bekannter von ihm, der ebenfalls ausgewandert war, soll das Zimmer besorgt haben.

Unsicher laufen sie die staubige Straße entlang, die direkt ins Zentrum von Jaraguá do Sul führt, immer den Handwagen polternd hinter sich herziehend und vorbei an den prüfenden Blicken der Einheimischen.

Die Kirchturmuhr zeigt kurz nach 10 Uhr an. Georg hofft inständig, daß dieser besagte Mann trotz ihrer verspäteten Ankunft noch nicht abgereist war.

Das Hotel stellt sich als heruntergekommene, billige Absteige heraus. Mit kritischem Blick geht Georg hinein und sucht nach Lukas Berthold.

Marie steht indes allein draußen und sieht sich ängstlich um. Warten und Geduld; da sind sie wieder, die zwei Eigenschaften, die sie nach wie vor nicht zu handhaben weiß und die sie erneut in bewährter Weise auf die Probe stellen.

Sie fühlt sich ausgelaugt und schlecht, kann mit der Fremde nichts anfangen und hat furchtbare Angst, daß sie jemand anspricht. Bisher war sie noch nie viel weiter als einige Hundert Meter von ihrem Heimatort Hartha entfernt.

Ein Kind läuft kreischend vorbei und erhellt ihre Gedanken etwas. Marie erinnert sich liebevoll an das ungeborene Baby, das sie selbst unter ihrem Herzen trägt. ‚Wie soll sie ihm jemals erklären, wo sie ursprünglich herkommen und warum sie nun am anderen Ende der Welt leben?' Müde versucht sie, sich eine Zukunft vorzustellen, kann aber nichts sehen, kein Haus, keine Familie, nichts.

Es vergehen wenige Minuten, bis Georg zurückkehrt, gefolgt von einem fremden Mann. „Ich habe ihn gefunden, das ist Lukas Berthold, du weißt doch, von dem Walter erzählte. Er wird uns helfen. Und das ist meine Frau Marie", sagt er hastig und macht die beiden unbeholfen miteinander bekannt.

Obwohl sie in ihrer Einschätzung erheblich geschwächt ist, kann Marie unter seinem Hut ein markantes, ausdrucksvolles Gesicht erkennen, das bereits einige Falten an den Augenrändern trägt. Er muß mindestens zehn Jahre älter sein als Georg und wirkt mit sich und der Welt im Frieden. Abwesend und müde beobachtet sie ihn.

Georg will indessen am liebsten sofort das Gepäck nehmen und weiterziehen. Jede Minute, die er an diesem Ort verstreichen läßt, scheint ihm vergebens.

Der Fremde mahnt jedoch gelassen zur Ruhe.

„Wissen Sie schon, wo Sie heute übernachten?“ fragt er gedämpft.

Georg sieht ihn überrascht an. „Auf meinem neuen Land natürlich“, antwortet er bestimmend.

„Was? Ihrem Land? Das würde einen stundenlangen Fußmarsch bedeuten, mindestens 16 Kilometer Richtung Süden.“

Lukas Berthold scheint ernsthaft an ihrer Mobilität zu zweifeln, und Georg ärgert sich entsprechend darüber. Stolz wie er ist, sucht er verzweifelt nach einer Alternative. „Gibt es vielleicht eine Pferdekutsche, die uns dahin fahren könnte?“

Der Fremde schüttelt energisch den Kopf und will ihn weiter diplomatisch überreden, zunächst eine Nacht in der Stadt zu verbringen.

Georg gibt jedoch nicht nach. „Dann gehen wir zu Fuß“, sagt er, ohne eine weitere Widerrede zu dulden.

Nachdenklich nimmt Lukas den Hut vom Kopf und fährt sich durch seine struppigen, blonden Haare. Er argwöhnt etwas mit dem fremden Paar, und ihm ist keineswegs entgangen, wie verzweifelt die Frau von Georg versucht, sich aufrechtzuhalten. Jeder weitere Schritt wäre für sie bedrohlich, noch dazu bei diesem ungewohnten Klima.

Andererseits war es auch sein Plan, direkt heute ins Auswanderungsgebiet aufzubrechen. Er hatte schon so unnötige Zeit verloren.

Lukas’ Gedanken schweifen zurück in die Vergangenheit, als er oft genug anderen Menschen helfen wollte, um schlußendlich festzustellen, daß sein eigenes Leben ins *Nichts* zerfiel. Nach seiner heutigen Meinung müssen die beiden demnach selbst entscheiden, was richtig ist.

„Walter meinte, sie könnten vielleicht am Anfang mit uns gemeinsame Sache machen, jeder auf seinem Grundstück versteht sich", fragt Georg ohne Scheu und läßt Lukas aus seinen Gedanken erwachen.

„Ja, vielleicht", antwortet er nur beiläufig.

„Und wo bekommen wir unser Land?" hakt Georg unermüdlich nach.

„Die Papiere müssen wir uns direkt vor Ort ausstellen lassen. *Schroeder*, so heißt das Dorf, wo wir uns niederlassen werden."

Georg nickt zufrieden, zieht sein Hemd aus, legt es auf den Handwagen, nimmt die Deichsel und setzt sich voller Tatendrang in Bewegung.

Maries eigener Wille hat inzwischen vollends versagt. Sie kann nicht mehr einschätzen, ob sie ihre Beine noch tragen. Wie hinter einem Schleier hört sie die Worte der Männer und folgt ihnen antriebsschwach. Mechanisch setzt sie einen Schritt vor den nächsten, immer hoffend, endlich irgendwo Ruhe zu finden.

Es hat ein leichter Windzug von Süden eingesetzt. Ohne Milde weht er den feinen Straßenstaub unaufhaltsam in ihre Lungen. Hustend und hilflos die Augen schützend, bewegen sie sich schleppend vorwärts. Außerhalb der Stadt gibt es links und rechts des Weges nichts als undurchdringlichen Wald. Orientierung finden sie lediglich am Stand der Sonne.

Georg zieht eisern den Handwagen hinter sich her, doch auch seine Schritte werden allmählich schwerfällig. Die unerträgliche Hitze nagt endlos an den letzten Kraftreserven.

Lukas indessen ist kaum eine Spur von Schwäche anzumerken. Sein Hut schützt vor der grellen Mittagssonne, und sein Körper hat sich in den vergangenen drei Tagen an das Klima gewöhnen und etwas ausruhen können. Er trägt einen Seesack auf dem Rücken und hat einen weiteren Koffer in der Hand.

Schräg hinter ihm versucht Marie, auf irgendeine Weise Schritt zu halten. Ungeschickt bindet sie sich als Schutz vor der Sonne ein Tuch um den Kopf und schwankt dabei verdächtig zur Seite. Ihre Füße und der ganze Körper schmerzen ins Bodenlose. Für einen Moment bleibt sie stehen, um sich zu orientieren.

„Wie weit ist es noch?“ fragt sie mit belegter Stimme.

„Drei Stunden müssen Sie mindestens rechnen“, antwortet Lukas.

Marie schaut kommentarlos mit leerem Blick an ihm vorbei.

Auch Georg bleibt stehen und flucht. „Was ist das denn für eine verdammte Hitze?“

„Nein, die Hitze ist es nicht. Ich glaube, Sie meinen die hohe Luftfeuchtigkeit. Sie muß heute bei mehr als 90 Prozent liegen“, erklärt Lukas geduldig.

Georg wischt sich angewidert den Schweiß von der Stirn und stöhnt ungehalten.

Ankunft mit Hindernissen

Fünf geschlagene Stunden später, es ist bereits fortgeschrittener Nachmittag, erreichen sie erschöpft das Ziel. Vor ihnen liegt der Einwanderungsort Schroeder, dessen Hauptstraße einem unbefestigten Feldweg gleicht und dessen Häuser einfache Holzhütten sind.

Seit drei Jahren kommen deutsche Siedler hierher und versuchen, mit ihrem Verständnis von Ackerbau zu überleben. In Schroeder gibt es daher mehr Deutsche als brasilianische Einheimische. Beinahe alle Dinge emigrierten in diese verlassene Gegend mit, sei es die Sprache, die Kultur und vor allem die Religion.

Eine eigene Kirche wurde gemeinschaftlich gebaut und steht majestätisch auf der höchsten Erhebung des Dorfes. Regelmäßig treffen sich dort die Immigranten, um hoffnungsvoll für ein besseres Leben zu beten. Der unbestechliche Glaube verbindet sie in jenen Zeiten, wo der Mensch versagt.

Marie, in ihren Kummer versunken, sieht sich träge um, stolpert und fällt rücklings zu Boden. Ihre Hände schmerzen und sie hat sich ungeschickt etwas Haut abgeschürft. Blut rinnt ihr unbemerkt über die Hand. Das Gesicht bleich und die Lippen aufgesprungen, läßt sie sich kraftlos hängen.

Instinktiv will Lukas der Frau helfen, zögert jedoch aus Respekt vor ihrem Ehemann.

Georg unterdessen ist mit seinen eigenen Kräften am Ende. „Komm, Marie, wir haben es fast geschafft“, sagt er schlaff und versucht mühsam, sie aufzurichten.

Lukas nimmt nachdenklich den Hut vom Kopf und sieht sich orientierend um. Sie stehen direkt vor einer etwas größer und stabiler gebauten Holzhütte. „Ich glaube, hier ist es“, sagt er stirnrunzelnd und nickt im gleichen Moment zufrieden. „Hier bekommen wir unsere Unterlagen für die Grundstücke.“

Georg tritt aufhorchend an seine Seite und scheint plötzlich wieder hellwach und voller Energie zu sein. Ohne auf ein weiteres Wort zu warten, geht er hinein. Lukas, der von seinem raschen Wandel irritiert ist, folgt ihm kopfschüttelnd.

Im Inneren der Hütte beginnt augenblicklich lauthals eine Diskussion. Der Zuständige von der Gemeinde will angeblich nur noch *ein* Grundstück in Schroeder zu verkaufen haben.

Georg schreit ihn sofort ungehalten an. „Wir brauchen aber zwei! Das kann doch nicht Ihr Ernst sein! Wissen Sie überhaupt, was wir in den letzten Tagen durchgemacht haben?“

Der Bedienstete lacht wohlwissend. „Wir alle sind aus Deutschland hierher emigriert.“

Georg klopft mit der Faust auf den Tisch und schaut seinen Gegner mit drohendem Blick an. Dieser läßt sich davon aber keineswegs beeindrucken. Im Gegenteil, süffisant lächelnd und genau wissend, welche Macht er in diesem Moment über sie hat, steht er ihnen wartend gegenüber.

Die Situation ist verfahren. Die Männer wissen, daß der Zuständige nicht so schnell nachgeben wird. Dezent versucht Lukas, ihn mit Geld aufzumuntern, doch auch darauf läßt er sich nicht ein, fühlt sich vielmehr in seiner Amtsehre beleidigt.

„Es gibt keine weiteren Grundstücke in Schroeder! Gehen Sie in den nächsten Ort, etwa zehn Kilometer westlich! Wir brauchen hier nicht noch mehr Umsiedler! Und außerdem möchte ich Sie jetzt bitten zu gehen. Ich schließe den Laden."

Lukas weiß, daß der Mann lügt. Er sieht es in seinen Augen und hat Informationen aus vertrauenswürdiger Quelle, daß es genügend Grundstücke in dieser Gegend gibt. Am störrischen Benehmen des Bediensteten jedoch würden sie heute nur zerbrechen. Er hat schon von Leuten in der Stadt gehört, daß sie genau an solchen selbsternannten Machthabern gescheitert sind. Zornig müssen sie deshalb ihre Niederlage hinnehmen und einsehen, daß es derzeit keinen Sinn hat, weiterzudiskutieren.

„Gut, dann nehmen wir wenigstens das eine Grundstück", sagt Lukas ruhig und wirft einen drohenden Blick zur Seite.

Georg, der sich sogleich ärgert, will und kann nicht zulassen, daß ohne sein Einverständnis eigenmächtig über ihn entschieden wird. Bevor er aber zum nächsten Wortgefecht ausholen kann, greift Lukas' Hand mahnend nach seinem Arm. „Ruhig", sagt er in gefährlich leisem Ton. „Sie können das Grundstück haben, wenn Sie wollen."

Widerwillig und grollend beißt sich Georg sinnbildlich auf die Zunge, um nicht weitere ausfallende Gemeinheiten von sich zu geben. ‚Später werde ich diesen arroganten Mistkerl zur Rede stellen', denkt er insgeheim und kocht vor Wut. Noch nie in seinem Leben hat jemand derart über ihn verfügt und ihn öffentlich bloßgestellt.

Lukas indessen ignoriert sein lautes Ausatmen, nickt vernünftig dem Beamten zu und läßt wortlos die Formalitäten ausstellen.

Mit der Grundstücksurkunde in der Hand läuft Georg fluchend aus der Hütte. „Das können Sie doch nicht machen“, schreit er im Gehen.

„Warum?“ fragt Lukas, ihm folgend. „Sie haben doch Ihr Land.“

„Ja, aber ich hätte dies gern selbst entschieden!“

„*Dann* wären wir sicher leer ausgegangen oder glauben Sie ernsthaft, mit offenem Streit Dinge lösen zu können?“

Georgs Zorn wächst durch Lukas’ rechthaberische Art noch mehr.

„Sie wollen also wirklich behaupten, daß ich dieses Geschäft nicht positiv abgewickelt hätte?“ fragt er drohend.

Lukas hebt schlichtend die Hand. „Nein, das möchte ich nicht. Ich hielt es jedoch so für die einzige Möglichkeit.“

„Das ist nicht wahr“, verteidigt Georg seinen Standpunkt.

„Alles wird sich klären, da bin ich sicher. Ich gehe an einem anderen Tag erneut hierher und werde meine eigenen Grundstückspapiere holen.“

„Und Sie denken, das funktioniert?“

Lukas nickt.

Georg sieht ihn mißmutig an. „Sie wollen wohl immer alles mit Diplomatie regeln?“

Schweigend läßt Lukas die Antwort offen.

„Und wo werden Sie solange bleiben?“ hakt Georg verärgert nach.

„Ich gehe für ein paar Tage zurück in die Stadt ins Hotel.“

Übertrieben laut atmet Georg aus, denn es mißfällt ihm sichtlich, daß der Fremde wesentlich besser auf die Auswanderung vorbereitet ist als er. Lukas’ Hilfe könnte eines Tages lebenswichtig sein, und es wäre ungeschickt, ihn fortzuschicken. Hinzu kommt, daß er ihm, zwar eigenmächtig, aber immerhin zu seinem Grundstück verholfen hat. Georgs angeschlagenes Ehrgefühl verlangt es nun, sich bei ihm zu revanchieren.

Widerwillig und mit vergrämter Miene macht er deshalb ein versöhnliches Angebot. „Sie können solange bei uns bleiben, wenn Sie wollen.“

Lukas versucht skeptisch, seinen Blick zu deuten, und zweifelt augenscheinlich an diesen Worten.

„Ich meine natürlich nur, bis Sie ein eigenes Grundstück haben“, fährt Georg fort und beendet die Diskussion.

Mit argwöhnischer Miene lenkt Lukas schließlich zögernd ein. Für ihn ist es schlichtweg bequemer, hier im Ort zu bleiben, als den weiten Weg zurückzugehen. Zweifellos wird er sich alsbald jedoch ein eigenes Stück Land erwerben.

Ohne die Situation weiter ins Uferlose zu kommentieren, laufen die Männer schweigend nebeneinander her, dahin, wo der beschwerliche Marsch endlich seinen Abschluß finden soll.

Marie, die nicht versteht, was in der Hütte vorgefallen ist, hat sich gar nicht erst die Mühe gemacht, den Männern geistig zu folgen. Wortlos schleppt sie sich Schritt für Schritt die letzten Meter voran.

Georg, unterdessen immer schneller geworden, kann es offensichtlich kaum erwarten, sein ersehntes Land zu betreten. Am Ende des Weges bleibt er stehen und holt die zerknüllte Grundstücksurkunde aus seiner Hosentasche hervor.

Skeptisch blickt Marie ins Ungewisse, kein Haus oder eine Hütte kann sie sehen. Vor ihnen liegt lediglich undurchdringlicher Wald. Es hat leicht zu regnen begonnen und dankbar widmet sie sich den sanften Wassertropfen, die beruhigend auf ihr geschundenes Gesicht rieseln.

Am Wegesrand entdeckt Lukas ein verschmutztes Schild mit einer Markierung. Er kratzt mit der Hand den Dreck beiseite und vergleicht die Inschrift mit dem auf Georgs Dokument. Er nickt zufrieden. Die Nummern sind identisch. Direkt vor ihnen liegt das schwer erkämpfte Stück Land. Es hätte unansehnlicher nicht sein können, verwuchert, undurchdringlich und mit Bäumen und Sträuchern übersät.

Lukas runzelt verharrend die Stirn.

„Wie finden Sie es?“ fragt Georg bedenklich.

„Hügelig, wird deshalb schwierig zu bewirtschaften sein“, erwidert er und hebt abwehrend die Schultern.

Sie schweigen für einen Moment. Leise knirscht das uralte Holz des Waldes vor ihnen und die Baumkronen rascheln in einem ungewohnten Ton. Der Regen rinnt säuselnd von Blatt zu Blatt und erzählt seine ganz eigene kleine Geschichte über das unversehrte Land. Zwischendurch sind die Geräusche eines Waldvogels zu hören. Gestört in seiner Ruhe, zirpt er drohend gegen die Eindringlinge.

„Das Haus würde ich da vorn auf dem kleinen Hügel bauen“, spricht Lukas leise seine Gedanken aus und wartet vorsichtig auf eine Antwort.

‚*Dieser Mann*, auch wenn er noch so unsympathisch ist, wird mir nützen‘, denkt Georg infolge, dreht sich langsam um und reicht Lukas überraschend die Hand.

„Sie sollten endlich Georg zu mir sagen und vergessen wir den blöden Streit von vorhin.“

Lukas hebt mißtrauisch eine Augenbraue. ‚Er ist schon seltsam‘, denkt er. ‚Und offensichtlich haben viele Rückschläge ihn derart verbittert, oder sein Unterbewußtsein arbeitet in unverständlicher Weise gegen ihn.‘

Lukas weiß es nicht und will es auch nicht deuten. Um weiteren Ärger zu vermeiden, schlägt er spontan ein.

„In Ordnung, ich bin Lukas.“

Marie hat vom Gespräch der Männer keine Silbe mitbekommen. Ihre Augen sind noch immer geschlossen. Sie kann sich in keinster Weise vorstellen, daß direkt vor ihnen ihr neues Zuhause entstehen soll. Schwermütig macht sie einen Schritt nach vorn, öffnet die Augen und starrt angestrengt in die Ferne.

„Ich kann das Haus nicht sehen“, quetscht sie leise hervor.

„Was?“ fragt Georg und wendet sich ihr zu.

„Ich kann das Haus nicht sehen“, wiederholt sie zweifelnd.

Es dauert einen kurzen Moment, bis Georg begreift.

„Ach so, es gibt noch keines. Wir müssen es erst bauen", sagt er schlicht und wundert sich über das Benehmen seiner Frau.

Marie sieht ihn verstört von der Seite an. Ihr Blick hat etwas drohend Wahnsinniges. „Aber du hast von einem besseren Leben gesprochen, Georg?"

Bewußtlos sinkt sie in sich zusammen und stürzt zu Boden.

Wenn alles zerbricht

Kraftvoll läßt Lukas die Axt in den Stamm eines Baumes fahren. Wieder und wieder schlägt er hart zu. Wenige Hiebe, und der Baum gibt nach.

Georg steht einige Meter entfernt und versucht, den nächsten Riesen niederzustrecken. Mehr denn je wischt er den salzig schmeckenden Schweiß vom Gesicht und stellt sich griesgrämig, aber unverzagt der drückenden Hitze. Bevor er zum nächsten Schlag ausholt, zieht er sein Hemd aus, in der Hoffnung, damit besser die Wärme und seine schwindenden Kräfte zu ertragen.

Lukas macht einen kurzen Kontrollblick in seine Richtung. Es besteht keine Gefahr. Sein Baum fällt in die andere Richtung. Mit präziser Genauigkeit entästet er den Stamm des Riesen. Sein weißes Hemd ist mittlerweile von oben bis unten verschmutzt und die Hose am rechten Bein bis zum Knie aufgerissen.

Obwohl er von Natur aus nicht so groß und kräftig wie Georg ist, scheint die Arbeit ihm keinerlei Mühe zu bereiten. Der dünne Faden der Freundschaft zwischen den Männern droht damit bereits wieder zu zerreißen, da bei Georg diese Tatsache nicht unbemerkt bleibt und für zwangsläufige Rivalität sorgt.

Seit dem Morgengrauen versuchen sie, eine kleine Schneise in den Wald des Grundstückes zu schlagen. Der Widerstand der betagten Bäume jedoch ist ungebrochen. Schwerfällig wollen sie die wahre Schönheit des Landes preisgeben. Es ist zwar hügelig, aber für ihre Zwecke lange nicht so ungeeignet, wie zunächst angenommen. Mitten hindurch fließt sogar ein kleines Bächlein.

„Vorsicht, es fällt wieder einer", schreit Lukas und läßt Marie aus ihrem Tiefschlaf hochschrecken. In sicherer Entfernung haben sie die Männer auf ein provisorisches Lager gebettet. Sie hat die ganze Nacht und den halben Tag durchgeschlafen und braucht ein wenig Zeit, sich zu orientieren.

Während sie sich aufrichten will, fährt ein gewaltiger Schmerz durch ihre Glieder. Marie zuckt zusammen und erinnert sich schlaftrunken; die endlose Reise, das Schiff, der vollgestopfte Zug und ein elender Fußmarsch in diese unwirtliche Gegend. Kraftlos sinkt sie auf ihr Lager zurück und fällt erneut in einen tiefen Schlaf.

Erst am Morgen darauf wacht sie auf. Die Männer haben den Schlafplatz bereits wieder verlassen und gehen emsig der Arbeit nach. Marie sieht sich um. Die Koffer stehen verteilt um das Lager und teilweise hängen Kleider aufgewühlt heraus. Georg hat offensichtlich etwas zum Anziehen gesucht und hilflos das Gepäck durcheinandergebracht.

Sie fühlt sich miserabel, als hätte sie die ihr auferlegte Pflicht der Ehefrau nicht erfüllt und ihren Mann leichtfertig im Stich gelassen. Zugleich rügt sie sich dieser unsinnigen Gedanken, war sie doch vollkommen am Ende ihrer Kräfte und hatte keinerlei Macht mehr über die Geschicke ihres Körpers.

Sie blinzelt gegen die für sie um diese Tageszeit grelle Sonne und richtet sich endgültig auf. Ihr Gesicht wirkt noch immer krank, bleich und eingefallen. Das lange Haar hängt verfilzt an ihrem Rücken herunter, und die schmutzige Kleidung baumelt schlaff am Körper. Dennoch spürt Marie auf unverständliche Weise, wie langsam das Leben in sie zurückkehrt. Mit dem erzwungenen Tiefschlaf der vergangenen Tage hat sie sich unbewußt das geholt, wonach ihr Fleisch und Blut sich verzehrten. Noch ein paar Tage und sie würde gewiß zu ihrer alten Form finden.

Sie entdeckt die beiden Männer beim Fällen der Bäume und beobachtet versonnen ihre Bewegungen, denkt zurück an den merkwürdigen Fremden, der seit Jaraguá do Sul mit ihnen gegangen war. Während des Fußmarsches lief er stetig geradeaus, drehte sich selten um, sprach kaum ein Wort und zeigte den gesamten Weg keinerlei Regung. Sie bewunderte einerseits diese ausgeglichene Ruhe an ihm, verachtete aber zugleich das Verborgene, das ihn wie ein Nebelschleier umgab.

Noch nie ist ihr ein derartiger Mann begegnet, der stark und gleichzeitig zerbrechlich wirkt. Selbst in ihrer verzweifelten Lage fühlt sie sich intuitiv von Lukas angezogen.

Rasch verwirft sie ihre Gedanken und ärgert sich, hat sie doch im Moment genug andere Sorgen und will sich vorerst dem widmen, schnell wieder auf die Beine zu kommen.

Am Rand des Lagers haben die Männer eine Feuerstelle zum Kochen errichtet. In einem Topf ist noch etwas Reis vom Vorabend. Marie schlingt das magere Essen hastig hinunter und spuckt es im selben Moment wieder aus. Die Männer haben das Salz vergessen. Der Reis schmeckt lediglich nach Wasser, von dem sie nicht erfahren möchte, woher es stammt. Wohlwissend, die Vorzüge ihres alten Lebens hinter sich lassen zu müssen, würgt sie das Essen tapfer hinunter.

Wenig später versucht sie, Ordnung ins Durcheinander des Lagers zu bringen, zieht sich saubere Kleider an und sortiert die Inhalte der umherstehenden Koffer.

Dabei fällt ihr ein zerknittertes Foto in die Hände, worauf sie selbst als junges Mädchen mit dem Pferd „Suse“ zu sehen ist. Traurig betrachtet sie das Bild und erinnert sich an Daheim. Was werden ihre Eltern jetzt unternehmen? Sind sie gesund oder ist ihre Mutter womöglich am Verschwinden der Tochter zerbrochen?

Charakterzüge wie *undankbar* und *selbstsüchtig* kommen Marie in den Sinn, haben die Eltern ihr doch eine unbeschwerte und liebevolle Kindheit ermöglicht. Ob sie eines Tages dahin zurückfinden und ihrem eigenen Kind ein ebenso wertvolles Leben bieten kann?

Bitter schmecken die Fragen und verwirren endlos ihre Gedanken. Um die nagenden Gewissensängste irgendwie abzustreifen, schreibt Marie einen befreienden Brief an ihre Freundin. Vielleicht, so glaubt sie nichtsahnend, kann auf diese Weise ihre Seele vorerst zur Ruhe finden. Mit zitternden Händen beginnt sie, offen darzulegen, was ihr augenblicklich willenlos passiert.

„Liebe Elisabeth, in diesem Moment meines Lebens wünsche ich mir nichts mehr, als zu Hause zu sein, in der Stube zu sitzen und mit Dir über belanglose Dinge zu reden. Georgs Traum von der Unendlichkeit Brasiliens verblaßt. Die ersten Stunden hier sind unerträglich. Nichts und niemand funktioniert. Georg versucht es zu verheimlichen, aber ich sehe, auch er ist am Ende. Die wenigen Sachen, die wir aus Deutschland mitbringen durften, werden schnell aufgebraucht sein. Bald ist Hunger unser ständiger Begleiter. Georg will, wie es scheint, ein Haus bauen. Ich weiß nicht, wie, er hat so etwas noch nie gemacht, und mit unserem bisherigen Denken können wir hier in der Einöde nichts anfangen. Es wird sich zeigen, wieviel Kraft ich aufbringen kann, dies alles durchzustehen. Bitte richte meinen Eltern die allerliebsten Grüße aus. Sie sollen sich nicht unnötig sorgen. Deine Marie.“

All ihre Gedanken sind in diesem Moment liebevoll zu Hause bei der Familie. ‚Vielleicht klingen die Zeilen zu schwermütig?‘ denkt Marie. ‚Sollte ich erst etwas Zeit vergehen lassen, in der sich die Dinge zum Guten verändern können?‘

Erneut will sie zum Schreiben ansetzen und den Brief anders formulieren, als plötzlich ein stechender Schmerz durch ihren Unterleib fährt. Ohne dies anzukündigen, beginnt der ganze Körper zu vibrieren. Kalter Schweiß läuft ihr von der Stirn, und sie krümmt sich vor Schmerzen.

In ihrer Not beginnt sie instinktiv laut zu schreien. Tränen schießen ihr in die Augen und laufen unaufhaltsam übers Gesicht, zwischendurch holt sie immer wieder tief Luft.

Lukas und Georg hören ihre Hilfeschreie, lassen augenblicklich die Arbeit fallen und laufen zu ihr.

„Was um Gottes Willen ist los? Warum ...?“ Georg stockt der Atem. Wie angewurzelt bleibt er stehen und starrt sie an.

Marie blutet stark unter ihrem Rock. Ängstlich folgt sie seinem Blick und begreift den Grund ihrer Schmerzen. *Sie verliert das Kind.* Wie dem Wahnsinn verfallen, beginnt sie, wild um sich zu schlagen, schreit vor Angst und weint bitterlich.

Georg steht ohnmächtig daneben und weiß nicht, wie er ihr helfen soll. Lukas reagiert sofort ohne nachzudenken und versucht, Marie irgendwie zu beruhigen. Er kniet sich nieder, hält sie fest und will Blickkontakt zu ihr aufbauen. Sie jedoch verdreht nur die Augen, weint und schlägt fortwährend um sich.

Georg hält indessen seine Hände an die Stirn, dreht sich einmal um die eigene Achse und flucht. Er ist völlig ahnungslos, warum Marie in dieser Blutlache liegt.

Lukas, der mit der verzweifelten Frau allein nicht fertig wird, schreit Georg machtlos an. „Hilf mir, verdammt! Hat sie so etwas öfter?“

Georgs Nerven kollabieren endgültig. Er fällt ratlos auf die Knie, nimmt Maries Schultern und schüttelt sie unverständlicherweise. „Was hat das zu bedeuten?“

Abrupt hält sie inne, starrt ihn weltentfremdet an und verharrt unentschieden. Dann rinnen wieder die Tränen unaufhörlich über ihr Gesicht, und ein erneuter Kampf mit sich selbst läßt sie zusammenfahren.

„Unser Kind! Es ist tot“, ächzt sie in ihrer Qual.

Georg weicht zurück. Wie vom Blitz getroffen, richtet er sich auf, hält seine Hände auf die Ohren und will sich der Welt in diesem Moment verschließen.

Er begreift, was Marie gesagt hat und schüttelt unentwegt den Kopf. ‚Ein Kind, ... tot? Warum wußte ich davon nichts?'

Seine Gedanken kreisen verzweifelt um ihre Worte und wiederholen sich auf sinnlose Art und Weise. ‚Was soll ich jetzt nur tun', denkt er, von Entsetzen gelähmt.

In seiner Ratlosigkeit läuft er geradewegs davon und verschwindet im Nirgendwo zwischen den Bäumen des Waldes.

Lukas ist fassungslos. Er kniet noch immer vor Marie und kann sich nicht ausmalen, warum ihr Ehemann sie im Unglück allein läßt. Hilflos zittern seine Hände. Auch ihm fällt es schwer, mit der Situation umzugehen. Absolut überfordert lassen die Nerven ihn im Stich, und Tränen füllen seine Augen.

„Es tut mir so leid. Ich wußte nicht, daß Sie schwanger sind", sagt er stockend.

Marie schnappt indessen nach Luft und beginnt, sich langsam zu beruhigen. Die krampfartigen Schmerzen haben nachgelassen. Ihre Atmung wird allmählich ruhiger.

„Georg wußte es auch nicht", sagt sie leise.

Überrascht hebt Lukas den Kopf. Es sind ihm genug der Erfahrungen für heute, und er möchte die weiteren Verwicklungen des Paares erst gar nicht wissen.

„Was soll ich denn jetzt tun?" fragt er deshalb, ohne auf ihre Worte einzugehen.

Zitternd legt er eine Hand auf ihre Stirn, da er befürchtet, sie könnte Fieber bekommen, vielleicht sogar eine Infektion. In dieser unreinen Gegend wäre das keineswegs ausgeschlossen. Ihre Temperatur fühlt sich jedoch nicht bedenklich an. Darüber etwas beruhigt, lehnt er sich vorerst zurück und atmet durch.

„Ich möchte bitte mein Kind zurück", flüstert Marie plötzlich und weint leise.

Lukas schaut nach oben zum Himmel und schickt in Gedanken einen Fluch hinauf.

„Könnten Sie dafür sorgen?" spricht sie weiter.

„Ich kann einen Arzt holen, ja", entgegnet er wehrlos.

„Nein, nein, ich möchte mein Kind zurück“, wiederholt sie etwas lauter.

Lukas glaubt an ein mögliches Trauma. „Sie brauchen einen Arzt.“

Träge schüttelt Marie den Kopf. „Nein, nein“, sagt sie nur und läßt sich langsam, während Lukas sie stützt, auf das Lager zurückfallen.

„Es ist vorbei. Ich habe keine Schmerzen mehr“, fährt sie leise fort und schließt traurig die Augen. Die Welt ist ihr nun egal. Sie hat verloren, was ihrem Leben endlich einen Sinn geben sollte, und alles andere bleibt momentan unwichtig.

Lukas beißt die Zähne fest zusammen und tiefe Furchen bilden sich auf seiner Stirn. Lange noch sitzt er einfach nur da und starrt versunken geradeaus.

Erst am späten Nachmittag, als es beinahe dunkel wird, rafft er sich träge auf, um ein Feuer für das Essen zu bereiten. Er verrührt Mehl mit Wasser und Salz zu einer dicken, klumpigen Suppe und löffelt wortlos aus einem eisernen Becher.

Marie hat sich indessen etwas aufgerichtet und sieht abwesend ins Feuer. Das Geschehene verändert alles und begräbt ihre Seele in tiefem Schmerz. Um sich vom unendlichen Leid abzulenken, versinkt sie wie üblich in ihrer selbsterbauten Gedankenwelt.

„Sie sollten etwas essen“, sagt Lukas ruhig.

Marie schüttelt träge den Kopf.

Schweigend versucht er, sie nicht vom Gegenteil zu überzeugen. Die junge Frau muß für sich selbst entscheiden.

Gleichwohl skeptisch wendet er sich ab und geht zum notdürftig gebauten Unterschlupf hinter ihnen. Mit Hölzern fixiert und Palmenblättern bedeckt, bietet das Obdach wenig Platz für drei Personen. Es soll auch hauptsächlich vor Regen schützen, denn kühl wird es um die Jahreszeit ohnehin nicht.

Aus seinem Seesack holt er eine Tüte mit Tabak heraus und beginnt, sich geduldig und gemütvoll eine Pfeife zu stopfen.

Da ist sie also, *die Geduld.* Warten auf etwas, von dem keiner weiß, was es sein wird. Und plötzlich kann Marie es auch. Mußte ihre Lage erst so verzweifelt enden, um es zum Schluß doch noch zu begreifen und diese Tugend dankbar anzunehmen?

‚Ja', denkt sie ‚Und *er* hat es mir in diesem Moment gezeigt.'

Verschwommen beobachtet sie seine ruhigen Handbewegungen. Am Feuer steckt er die Tabakspfeife an und raucht gedankenverloren im Schein der lodernden Flammen.

Sein Innerstes teilt indes gedämpften Kummer. Hat es ihn doch hierher gezogen, um die alte Last der Sorgen von sich zu werfen. Nun sitzt er da und hat nichts, kein eigenes Land, kein Haus und keine Familie.

Hinter ihm knackt ein Ast, und Sekunden später steht unerwartet Georg vor ihnen. Ohne ein Wort setzt er sich schwerfällig nieder und beginnt unbeholfen, mit einem Stück Holz im Feuer herumzustochern.

Marie und Lukas beobachten ihn von der Seite und lassen jeglichen Kommentar innerlich ersticken. Die Situation ist derart abwegig, jedes Wort wäre überflüssig und würde am Ergebnis nichts ändern.

Marie weiß längst, daß eine vernünftige Diskussion nicht möglich ist und emotionale Ausbrüche nur ins Gegenteil umschlügen. Um sich selbst vor seiner lähmenden Unzufriedenheit zu schützen, schweigt sie in heilsamer Weise. Eine erneut fremde Einsicht erfüllt damit ihr Gemüt, wie sie es bisher für sich nicht kannte.

„Was meinst du, Lukas, wie sollen wir das Haus am besten bauen und vor allem wohin?" bricht Georg das Schweigen.

Verärgert über seine Ignoranz fährt sich Lukas mit der Hand nachdenklich über den Dreitagebart und überlegt angestrengt, wie er passend reagieren soll. „Ich weiß nicht, ob jetzt der richtige Zeitpunkt ist, darüber zu sprechen", sagt er vorsichtig.

Georg verstummt für einen Augenblick. Das fortwährende Schweigen jedoch wühlt sein Innerstes um so mehr auf. Ungeschickt will er sich deshalb von der drückenden Stille lossagen und fährt taktlos fort. „Wir müssen aber jetzt darüber reden, denn jeder Zeitpunkt ist irgendwie falsch.“

Lukas läßt kurzzeitig den Kopf hängen und kann nicht glauben, was Georg erzählt. ‚Dieser Mann hat gerade sein Kind verloren, wahrscheinlich auch die Gunst seiner Frau und sitzt dennoch gefühllos neben ihr und fragt derartig belanglose Dinge.‘

Es kostet ihn einige Vorstellungskraft, an eine Liebe zwischen den beiden zu glauben, und zum erneuten Mal ermahnt er sich selbst, nicht wiederholt den Fehler zu begehen, sich in fremde Probleme einzumischen.

Demonstrativ atmet er laut aus und antwortet eintönig. „Du solltest überlegen, wo du den Brunnen bohren willst. Dort würde ich auch das Haus bauen.“

Georg nickt reserviert und versucht gleichzeitig, Maries bohrenden Blick zu ignorieren. Jede quälende Minute, die er neben ihr verbringt, werden seine Selbstvorwürfe lauter.

‚So weit hätte es nicht kommen dürfen‘, denkt er. Auch wenn die Zuneigung zu Marie niemals dem entsprechen würde, wie es Eheleuten normalerweise zuteil wird, so wollte er ihnen beiden doch ein besseres Leben bieten. Es fällt ihm aufrichtig schwer, die Niederlage einzugestehen, geschweige denn, offen auszusprechen. Statt dessen baut er die Mauer um sich herum weiter auf und läßt nichts und niemanden mehr an sich heran.

Lukas wartet noch immer geduldig auf eine Antwort. Georg bemerkt seinen fragenden Blick und verwirft sogleich die letzten Gedanken. „Gut, dann fällen wir morgen weiter die Bäume und ...“, mitten im Satz unterbricht er sich. „Wann wolltest du eigentlich nach deinem eigenen Land fragen?“ hängt er überraschend an.

So schnell hatte Lukas damit nicht gerechnet. Es sind erst zwei Tage seit ihrer Ankunft vergangen, und er ist sich keineswegs sicher, ob das genügen würde, den Zuständigen bezüglich der Grundstücke umzustimmen.

Nachdenklich zieht er an seiner Pfeife und antwortet schließlich im gewohnt diplomatischen Stil. „Ihr wollt sicher so bald wie möglich ungestört sein?"

Georg wirft einen kurzen Blick zu Marie und nickt.

„Dann werde ich mich gleich morgen darum kümmern."

Zufrieden legt Georg ein frisches Stück Holz ins Feuer und erklärt damit das Thema für beendet. ‚Ein zweiter Mann auf dem Grundstück bringt Unfrieden', glaubt er banal und erinnert sich an das seltsame Gefühl, das ihn seit Anbeginn vor jenem Mitstreiter warnte.

„Warum schickst du ihn weg?" meldet Marie sich plötzlich leise zu Wort und beginnt damit zum ersten Mal, ihr Unverständnis anzukündigen.

„Er selbst wollte gehen! Du hast es gehört", erstickt Georg jedoch die Kritik sofort im Keim und läßt mit jedem weiteren bitteren Blick automatisch die Bande zwischen ihnen mehr entgleiten.

Lukas verwehrt sich im selben Augenblick angespannt jegliche Gefühle. Das eigene Stück Land zu besorgen fällt ihm nicht schwer, vorausgesetzt, der Machtinhaber über die Grundstücke schlägt unvermittelt ein. Ein Problem hat er vielmehr damit, sich vorzustellen, wie die zwei unerfahrenen Menschen im Dschungel allein überleben wollen. Sie kennen zu wenig von dem Land und wissen nicht, welche Gefahren auf sie lauern.

Ohne es zu wollen, beginnt er langsam, sich emotional an sie zu binden. Hier und jetzt aber hat es keinen Zweck, wahllos weiterzuverhandeln. Die Zeit wird kommen, da Lukas' Gegenwart auf diesem Land wieder erwünscht ist.

Ein neues Zuhause

Vier Wochen sind seither vergangen.

Georg hat, direkt an die Stelle, wo es Lukas einst vorschlug, eine Holzhütte gebaut. Sie soll vorerst das Wohnhaus ersetzen und ist ein notwendiges Provisorium, das jederzeit vergrößert werden kann. Vor der Hütte, am Fuß des Hügels, steht ein stabiles Waschfaß aus Blech und direkt daneben der Brunnen.

Äußerlich hat sich das Stück Land wesentlich verändert. Nur wenig ist übrig von dem, was anfangs als verwuchertes Durcheinander zu erkennen war. Mittendrin liegen noch ein paar gefällte Bäume verstreut und als Grundstücksgrenze wurden einige zur Markierung stehengelassen.

Die unmittelbaren Nachbarn, Helmut Kirchner und seine Frau, ursprünglich aus dem Rheinland kommend, haben freundlicherweise ihre Hilfe angeboten und so die Lücke, die Lukas hinterließ, vollständig ausgefüllt.

In Schroeder gibt es ein ungeschriebenes Gesetz, daß die, die sich als letzte vor Ort angesiedelt haben, den Neuankömmlingen redlich zur Seite zu stehen. Für Marie und Georg war diese Maßnahme ein Segen. Eines Tages werden sie sich entsprechend revanchieren müssen.

Georg ist gegenwärtig mit den letzten Sicherungen am Dach der Hütte beschäftigt. Er hat es, wie in dieser Gegend üblich, mit Palmitoblättern, so nennen die Einheimischen die Blätter der Palmen, gedeckt. Sie sind derart robust, daß sie über viele Jahre Wind und Regen standhalten.

Träge und abgekämpft fährt er sich mit der Hand durch die feuchten Haare und wischt sich den Schweiß von der Stirn. Die beständige Arbeit bei dem ungewohnten Klima greift zunehmend seine Gesundheit an. Er fühlt sich schlaff und ausgelaugt, sehnt sich unentwegt nach einer frischen Brise, die er in Deutschland oft verfluchte. Statt dessen drückt die Luft erbarmungslos auf Körper und Seele.

Er klopft die letzten Nägel in die Balken des Daches und fixiert die restlichen Blätter. Plötzlich verschwimmen ihm die Konturen vor den Augen. Er hält sich verkrampft an einem Querbalken fest und wartet. Der Blutdruck steigt bedrohlich, und das Rauschen in den Ohren nimmt weiter zu. Verunsichert reibt er sich die Augen.

So schnell, wie er gekommen war, vergeht der merkwürdige Anfall jedoch. Langsam kann er seine Umgebung wieder deutlicher wahrnehmen, die Hände hören auf zu zittern, und der Puls nimmt normale Frequenzen an. Nachdenklich sitzt er noch einige Minuten bewegungslos auf dem Dach.

Georg hatte früher eine starke Gesundheit und verstand jene Menschen nicht, die wegen Rückenschmerzen oder Kreislaufbeschwerden ihre Feldarbeit vernachlässigten. *Er* war schließlich ein richtiger Mann, und Schwäche gab es nicht.

Was ist nun allerdings aus ihm geworden? Seit er in diese Gegend gezogen war, fühlt er sich miserabel. Sollte die Auswanderung etwa ein Fehler gewesen sein?

Derartige Gedanken haken sich mehr und mehr in seinem Kopf fest und tragen innerlich zum Unwohlsein bei. Für heute will er die Arbeit abschließen, in der Hoffnung, daß ein neuer Tag mehr Zuversicht bringen möge. Vorsichtig klettert er die Holzleiter hinunter und verschwindet nach drinnen in die Hütte.

Im Inneren gibt es einen einzigen Raum, rechts am Fenster die Kochstelle und links hinter einem Vorhang versteckt eine kleine Nische mit dem selbstgezimmerten Ehebett. Ein robuster Holztisch ziert mittig das Zimmer und ist momentan das einzige Möbelstück. Drei Kerzen brennen darauf, elektrisches Licht gibt es nicht.

An der Wand neben dem Bett hängt ein Hirschgeweih, bei dem Marie darauf bestand, es aus Deutschland mitnehmen zu dürfen. Es ist eine Erinnerung an ihren Vater, der leidenschaftlich gern zur Jagd geht. Neben dem Geweih hängt das Foto mit ihr als jungem Mädchen und dem Pferd „Suse".

Georg läuft schwerfällig zum Tisch und setzt sich teilnahmslos.

Marie hat Kartoffeln und dazu eine mehlige Brühe gekocht. Sie versucht, gewissenhaft und arbeitsam die Hütte, trotz der wenigen Mittel, zu einem gemütlichen Heim zu gestalten. So kann sie sich wenigstens etwas davon ablenken, was schwer auf ihrer Seele lastet.

Die Beziehung zu Georg indessen leidet still. Sie haben seither kein Wort über das Unglück des ungeborenen Kindes gesprochen. Obwohl sie sich körperlich beinahe vollständig erholt hat, trauert Marie elend im Verborgenen, stärkt aber gleichzeitig unbewußt ihre innere Abwehr.

Heimweh plagt sie Tag für Tag, manchmal so stark, daß sie glaubt, ersticken zu müssen, und dann begleitet sie nur noch ein Gedanke: *Fliehen.* Sofort würde sie alles stehenlassen und weglaufen, weiß aber genau, daß ihr allein die Mittel dazu fehlen.

Am Ende bleibt, sich mit dem vorgegebenen Leben zu arrangieren und bei Gelegenheit einen eigenen Pfad des Lossagens zu finden.

Sie bringt das Essen zum Tisch und reicht Georg die Kartoffeln. „Ich kann diese verfluchten Erdäpfel nicht mehr sehen", sagt er und sieht angewidert auf den Teller. „Ich muß Saatgut für Mais auftreiben, damit wir endlich wieder etwas Vernünftiges auf den Tisch bekommen." Mißmutig beginnt er zu essen.

„Ein Pferd brauchen wir auch noch", fügt er hinzu. „Wie soll ich das nur bezahlen? Und überhaupt, diese verdammte Hitze macht mich ganz verrückt", erzählt er wirr durcheinander, während andauernd Schweißperlen von seiner Stirn rollen.

Marie beobachtet ihn nachdenklich.

„Ich komme mit", sagt sie plötzlich.

Georg sieht überrascht von seinem Essen auf. „Was?"

„In die Stadt ..., ich möchte mitkommen."

„Warum denn das?"

„Weil ich nie etwas anderes als diese Hütte sehe. Ich möchte endlich wieder einmal Menschen treffen und sprechen", sagt sie und sieht ihn mit bittenden Augen an.

Er nickt nur beiläufig und winkt ab. „Mir egal. Ich muß außerdem fragen, was wir in dieser gottverlassenen Gegend alles anbauen können! Sicher gibt es irgendwelches einheimisches Zeug, Maniok, oder so."

Ihre Vorräte drohen, langsam zur Neige zu gehen, und eine erste Ernte ist nicht annähernd in Sicht. Georg kann mit seinem deutschen Wissen über heimische Kulturen in Brasilien nichts anfangen, und das ärgert ihn. Anstatt sich jedoch aufzuraffen und dazuzulernen, vergräbt er sich stumpfsinnig in seinem Frust.

„Lukas war vorhin kurz da", sagt er beiläufig.

„Hier?" fragt Marie erstaunt.

„Wo sonst?"

Mit angespannten Mienen essen sie weiter.

„Sein Haus ist beinahe fertig gebaut", murmelt Georg mit bitterem Unterton. „Er scheint hier gut zurechtzukommen. Es wird erzählt, er habe sogar schon jemanden kennengelernt, ..., eine Frau."

Marie nickt ihm zu und sinkt innerlich ein wenig zusammen. ‚Lukas hat also jemanden gefunden, der treu an seiner Seite steht', denkt sie wehmütig und lächelt traurig vor sich hin. Wie gern würde auch sie das von sich behaupten können? Wie oft hat sie genau diesen Wunsch in ihre Gebete eingeschlossen?

„Was sagst du dazu?" fragt er und reißt sie aus ihren Gedanken.

„Ich gönne es ihm, und auch wir werden uns hier mit der Zeit besser zurechtfinden."

Augenblicklich läßt Georg den Löffel fallen und flucht. „Nein! Ich verabscheue dieses Land! Es ist nicht fruchtbar und wir werden kaum etwas ernten. Außerdem ertrage ich dieses Klima nicht!"

„Dann laß uns wieder zurückgehen! Wir haben doch ein Zuhause in Deutschland und noch etwas erspartes Geld, das für die Überfahrt reichen könnte!" Flehend versucht Marie ihr Innerstes nach außen zu wenden und sieht hoffnungsvoll in Georgs abweisendes Gesicht.

„Nein“, sagt er ruhig. „Es gibt kein Geld mehr. Ich habe alles für diese Reise ausgegeben.“ Mit erhobenem Kinn sieht er an ihr vorbei ins Leere.

Marie schließt kopfschüttelnd die Augen.

„Ich hatte vergessen, es Dir zu sagen“, setzt er hinzu, doch sie hört es nicht mehr.

Der Alptraum findet kein Ende. Regungslos hockt sie auf ihrem Stuhl und läßt die Schultern hängen. Immer und immer wieder sticht der Dorn tiefer in die offene Wunde und in diesem Moment bereut Marie mehr denn je, ohne jeglichen eigenen Willen mit ihm nach Brasilien gegangen zu sein.

Gleichzeitig ärgert sich Georg über seine widerwärtigen Worte. Immerhin liegt die Verantwortung für ihre Situation allein bei ihm. Außerdem braucht er Marie zum Überleben, denn wie es Brauch war, verrichtete er als Mann ausschließlich die Dinge auf dem Feld und die Frau sorgt vollends für die Arbeiten im Haus.

„Kommst du hier zurecht, Marie?“ fragt er deshalb in überraschend mildem Ton.

Sie öffnet die Augen und antwortet schnell, als hätte sie die Frage erwartet.

„Ich hatte keine Wahl.“

„Aber, ... du hättest zu Hause bleiben können“, stottert er.

Marie legt empört eine Hand auf ihren Bauch. „Ich erwartete unser Kind! Sollte ich es vielleicht allein großziehen, ... ein Kind ohne Vater zur Welt bringen?“

Georg steht abrupt auf und dreht sich um die eigene Achse.

„Ich will davon nichts mehr hören“, sagt er qualvoll. „Ich wußte es doch nicht.“

Angestrengt zermartert er sein Hirn und versucht, sämtliche negative Gedanken zu vertreiben. Er glaubt fest, daß sie ihn nur aufstacheln möchte, würde aber heute nicht einfach kampflos davonlaufen. ‚Ich bin schließlich der Mann im Hause.‘

Seine Gedanken kreisen wild durcheinander, verzweifelt suchend nach *etwas* Positivem, *etwas* Gutem, *etwas* in dieser stumpfen Welt, wofür es sich lohnt zu leben. Und da sprudelt es plötzlich wie von selbst aus ihm heraus. „Einer der Nachbarn erzählte mir von einem Lokal, wo sich die Dorfbewohner abends treffen. Wollen wir vielleicht dahingehen?“

„Was?“ fragt Marie und glaubt sich verhört zu haben.

„Eigentlich soll es dort in dem Laden Lebensmittel zu kaufen geben, aber nebenan ist wohl eine Bar. Alle nennen es nur die „Vende“, was auch immer das heißt. Wir müßten allerdings ein paar Kilometer laufen.“

Selten hat er in den letzten Wochen derart viele Worte mit ihr geredet, und Marie wird deshalb immer skeptischer. „Ich weiß nicht, was das bedeuten soll?“

„Gar nichts, komm einfach mit! Wir müssen anfangen, uns unters Volk zu mischen.“

„Wieso auf einmal?“

Georg verdreht fluchend die Augen. „Wieso, wieso, ..., vielleicht hilft es, daß wir uns endlich hier wohlfühlen?“

Dagegen gibt es nichts einzuwenden. Sie sitzt fest in dieser unwirklichen Gegend und hätte nun endlich eine minimale Chance, vorerst auszubrechen.

„Laß uns hier und jetzt etwas tun, Marie!“

Noch immer sieht sie ihn unschlüssig an und kann seine Wandlung keineswegs deuten. Aber es ist auch egal, beginnt sie für sich zu begreifen und willigt zögernd ein. In diesem Moment zählt nur noch ihr eigenes Wohlergehen.

Das vorläufige Aus

In der „Vende“ spielt Musik aus der Heimat. Drei Männer mit Gitarren singen vertraute Weisen, manche gut, andere weniger gekonnt. Die Luft in dem kleinen Raum ist stickig und verqualmt. Dicht an dicht drängen sich die Dorfbewohner, lachen, trinken und tanzen. Ganz am Ende steht ein kleiner Tresen mit einer behelfsmäßigen Bar. Georg nimmt Marie an die Hand und quetscht sich beschwerlich durch die vielen Menschen. Ohne sie zu fragen, bestellt er etwas zu trinken.

Zum ersten Mal, seit sie nach Schroeder gekommen sind, fühlen sie eine Art Befreiung von ihren täglichen Sorgen. Die ausgelassene Stimmung und vertraute Musik lassen sie den Alltag für einen Moment vergessen.

Marie trinkt einen kräftigen Schluck von dem, was ihr Georg gereicht hat, setzt das Glas ab und lacht vergnügt. Es schmeckt nach vergorenem Bier, ist aber süßer und um einiges dünner als zu Hause in Deutschland. Gleichsam setzt sie zum zweiten Zug an und bekommt in ungewohnter Weise einen leichten Schwips.

Georgs kurze Zeit des Aufatmens scheint indessen bereits wieder zu verblassen. Sein körperlicher Zustand verschlechtert sich durch die stumpfe Luft des Raumes und erneut beginnt er, kläglich zu schwitzen. Sein Gesicht verliert deutlich an Farbe.

Marie trinkt derweil begeistert weiter, solange, bis das Glas beinahe geleert ist und sie nur noch mit Mühe ihr Gleichgewicht halten kann. Kindisch beginnt sie zu kichern und entdeckt in diesem Moment Lukas am anderen Ende der Bar.

Ohne nachzudenken, läuft sie flugs auf ihn zu.

„He, der Einheimische! Ich habe Sie lange nicht gesehen", sagt Marie in ungewohnt lockerem Ton und fängt sich einen amüsierten Blick von Lukas ein.

Georg, der ihr gefolgt ist, entschuldigt sich kurz mit einer vielsagenden Handgeste.

Lukas winkt jedoch ab und versucht sogleich, mit höflichen Worten eine Art Normalität herzustellen. „Es ist überraschend, Sie hier zu treffen. Wie geht es Ihnen?"

Sie lacht laut auf und beugt sich belustigt nach vorn. „Nicht so gut wie Ihnen, nehme ich stark an!"

Lukas versteht nicht, was sie meint. „Mir geht es in der Tat ausgezeichnet, aber ...“

„Oh wunderbar, wo ist *sie* denn?“ fällt Marie ihm ins Wort, macht in derselben Sekunde kehrt und dreht sich taktlos zur Bar um, da sie die Antwort nicht hören will.

Stirnrunzelnd schüttelt er den Kopf und sieht Georg fragend an.

„Sie hat etwas viel getrunken“, sagt der nur hilflos.

Marie, die seine Worte hört, dreht sich direkt wieder um und setzt provokativ noch eins hinzu. „Ich würde gern tanzen, Georg?“

Frech und aufgeheitert sieht sie ihn an, woraufhin er irritiert den Kopf schüttelt und sich hölzern an der Bar festhält. Er spürt, wie sich sein Körper langsam verabschiedet, und tanzen wäre augenblicklich das Letzte, was er könnte.

„Es tanzt doch kaum jemand“, verteidigt er sich gekränkt.

Marie winkt verächtlich ab und richtet ihren Blick unverschämt auf Lukas. „Dann müssen eben Sie mit mir tanzen!“

Der Alkohol hat offenbar ihre Gedanken vernebelt, und nun verwechselt sie Taktlosigkeit mit höflichem Anstand.

Lukas glaubt ernsthaft an einen Scherz. „Ich denke, das wäre keine gute Idee“, sagt er ruhig mit einem prüfenden Blick zu Georg.

„Sie wollen mich also augenscheinlich abweisen?“ fragt Marie gespielt beleidigt und steigert damit die Situation.

Anständig, wie seine Natur es ist, weiß Lukas kein Gegenargument einzubringen und steht ihr sprachlos gegenüber. Voller Übermut nimmt Marie daraufhin seine Hand und zieht ihn ungeniert hinter sich her.

Mitten in der Menge, wo zwei weitere Paare bereits tanzen, bleiben sie stehen. Abwartend sieht er sie an.

Seit Jahren hat Lukas nicht mehr getanzt und befürchtet, sich schonungslos zu blamieren. Marie beginnt unterdessen, sich langsam zum Rhythmus der Musik zu bewegen, ohne ihn dabei unsittlich zu berühren. Er bleibt ebenso bewußt auf Distanz und stellt ungeschickt ein Bein vors andere.

Marie lächelt ihn verzückt an. Noch nie hat er ein derart reines und bildschönes Lachen gesehen. Es fasziniert ihn, und er erinnert sich, wie sehr diese Frau an jenem Tag, als sie ihr Kind verlor, gelitten hat.

‚Wie wundervoll sie doch ist', denkt er. ‚So schlicht und natürlich, wie sie sich bewegt, als wäre die Musik direkt für sie geschrieben worden.'

Manierlich ruft er sich zur Räson und widmet seine Aufmerksamkeit eifrig den eigenen untalentierten Füßen. Marie amüsiert sich unterdessen köstlich. Ohne Scheu rückt sie etwas näher an ihn heran und berührt ab und zu seinen Körper. Lukas kann sich schwer ihrer Ausstrahlung entziehen und bleibt ebenso auf Kurs. In diesem Moment nutzt sie seine Nähe und schlingt freiweg ihre Arme um seinen Hals.

Er erstarrt. Ihre Gesichter sind ganz nah beieinander. Sie spürt seinen Atem und beobachtet das nervöse Flimmern in seinen Augen. Einen kurzen Moment halten sie inne und verharren im Takt der Musik.

Plötzlich geht ein Raunen durch die Menge. Die Gitarren verstummen. An der Bar muß ein Unglück passiert sein, denn es sammelt sich dort eine undurchdringliche Menschentraube und versperrt die Sicht.

Lukas löst sich von Marie und drängt energisch durch die Menge zur Bar. In Sekundenschnelle kommt er aufgelöst zurück. „Es ist Georg! Er liegt am Boden!"

Marie erschrickt und will ohne nachzudenken zum Unglücksort stürzen. Augenblicklich wird ihr schwindelig, da der Alkohol noch immer ihr körperliches Gleichgewicht bestimmt. Lukas stützt sie, und ihre Blicke treffen sich in ertappter Heimlichkeit.

„Ich muß zu meinem Mann", sagt sie gequetscht, weicht einen Schritt von ihm und drängt sich mühsam zwischen den Menschen hindurch.

Georg liegt besinnungslos am Boden und rührt sich nicht. Eine ältere Dame kniet neben ihm und tastet aufgeregt seine Stirn. Sie sieht Marie kommen und flucht sofort.

„Gehören Sie etwa zu ihm?"

Sie nickt.

„Sieht aus wie Malaria", sagt die Frau kurzangebunden.

Marie wiederholt entgeistert. „Malaria?"

Die ältere Dame wirft ihr einen unfreundlichen Blick zu. Irene Naumann ist einer der Pioniere von Schroeder. Sie kam vor drei Jahren aus Deutschland hierher und baute den Ort vom ersten Spatenstich an mit auf.

„Sie sind wohl neu hier?" will sie energisch wissen.

„Erst seit ein paar Wochen ...", antwortet Marie stotternd, läßt sich auf die Knie fallen und nimmt Georgs Hand.

„Kein Wunder, das bekommen sie alle, ... am Anfang", knurrt die Frau.

„Was ... soll ich denn jetzt machen?"

Hilflos sieht Marie in die Menge, hoffend, irgendwo Lukas zu entdecken.

„Haben Sie vielleicht Chinin im Haus?" fragt Irene schroff.

„Chinin?"

Die alte Frau schüttelt abwertend den Kopf. „Mein Gott! Wieso wiederholen Sie andauernd meine Fragen? So kommen wir doch nicht weiter!"

Marie blickt getroffen zu Boden.

„Haben Sie sich eigentlich vorher mit dem Land, in das Sie gekommen sind, auseinandergesetzt? Es wimmelt hier nur so von Moskitos, die einem das Leben zur Hölle machen! Es ist dumm, sich nicht zu informieren", setzt die alte Frau hinzu und entlarvt Marie endgültig. Zitternd kniet sie am Boden und betrachtet ängstlich Georgs bewegungslosen Körper.

„Wir können ihn erst einmal zu mir nach Hause bringen. Ich kenne die Krankheit und werde einen Arzt kommen lassen", sagt die Alte unerwartet freundlich.

Sie beginnt, Mitleid für die junge Frau zu empfinden, hat ihre furchtsamen Augen gesehen und sich an ihre eigenen Ängste erinnert, die sie im Leben begleiteten.

„Der kommt schon wieder auf die Beine“, fügt sie aufmunternd hinzu. „Aber jetzt müssen wir ihn erst einmal aufstützen!“

Marie, die bemüht ist, nicht noch weitere Fehler zu machen, richtet sich schnell auf und will ihre Arme unter Georgs Schultern haken. In diesem Moment legt sich eine fremde Hand auf ihre Schulter. Lukas steht hinter ihr und gibt mit Blicken zu verstehen, daß er Georg stützen wird. Dankbar gibt Marie ihren Mann frei und läßt den Dingen ihren Lauf.

Später am Abend warten Marie und Lukas vor dem Haus der älteren Dame, um zu erfahren, was die Untersuchungen des Arztes bei Georg ergeben.

Unerträgliches Schweigen erfüllt die lautlose Nacht.

Marie hat ihre Arme vor der Brust verschränkt und kaut abwechselnd nervös auf den Fingern oder spielt zappelig mit ihrer lockeren Haarsträhne.

Lukas zeigt wie immer keinerlei Regung. Er hat seine Gedanken ausgeschaltet und vermeidet bewußt jegliche Interpretationen. Erfahrungsgemäß ist ihm klar, daß so etwas nur eigenen Unfrieden bringt. Bevor er nicht wahrhaftige Dinge aus dem Mund seines Gegenübers hört, bleibt er auf Distanz und schaut abwesend ins Dunkel der endlosen Nacht.

„Ich wußte es nicht ...“, preßt Marie plötzlich hervor.

Lukas dreht sich überrascht zu ihr um. „Was denn?“

„Ich konnte doch nicht wissen, daß er krank ist.“

„Niemand kann so etwas ahnen, und keiner trägt die Schuld“, sagt er in gewohnt ruhigem Ton.

„Georg und ich, wir haben uns vorher noch unterhalten über Brasilien und darüber, daß er hier nicht zurechtkommt.“ Tapfer kämpft sie gegen die Tränen.

„Er haßt dieses Land, und ich vielleicht auch, es gibt nichts hier, was wirklich wichtig ist", spricht sie schleppend weiter und sieht traurig in seine Augen.

Lukas schweigt. Es gibt Dinge, worauf er nichts zu antworten weiß. In diesem Fall ist es so. Er kennt Marie und Georg zu wenig, um sich eine klare Meinung zu bilden. Seit Anbeginn erschien das Paar ihm fragwürdig und vieles, was sie taten, konnte er für sich nicht nachvollziehen.

Nun, da Marie so verzweifelt vor ihm steht, empfindet er Mitgefühl und muß unausweichlich an ihr befreiendes Lachen während des Tanzes denken.

Sie versteht unterdessen sein Schweigen als Schuldeingeständnis ihrerseits, und um die Stille, die sie in noch tiefere Verzweiflung stürzen würde, zu überbrücken, redet sie einfach weiter.

„Warum sind Sie nach Brasilien gekommen?"

Er reagiert nicht.

„Ich werde sicher dafür bestraft, denke ich," und beipflichtend nickt sie sich selbst zu. „Weil ich ohne eigenen Willen meine Heimat verlassen habe. Das ist eine Sünde", redet sie weiter und hat es aufgegeben, auf eine Antwort von ihm zu warten.

Marie verstummt für einen Moment.

Da dreht er sich plötzlich zu ihr um und spricht mit leiser Stimme „Nein."

Sie versteht nicht.

„Sie werden nicht bestraft."

Fragend schaut sie ihn an.

„Vielleicht kehren manche Menschen auch heim, indem sie in die Fremde gehen und ein neues, gleichwertiges Zuhause finden?!?" Eindringlich und langsam spricht er diese Worte, wobei er ihr offen in die Augen schaut.

„Und bei Ihnen, wie war das bei Ihnen?" fragt Marie erneut.

„Lukas, bitte nennen Sie mich Lukas."

Sie nickt zustimmend. „Warum bist du weggegangen, Lukas?“

Er überlegt einen Augenblick. „Ich dachte, da müßte es noch etwas außerhalb meiner kleinen Welt geben, etwas, worauf ich in meinem Leben nicht verzichten will, was nur mir allein gehört.“

„Klingt egoistisch.“

Tief luftholend spricht er seinen Gedanken zu Ende. „Ja, und das ist es auch, aber viele Erfahrungen im Leben ebnen uns genau diesen einsamen Weg.“

In dem Moment geht die Tür auf. Der Arzt und Irene kommen mit besorgten Gesichtern heraus. Der Doktor scheint sogar etwas verärgert und greift sich griesgrämig ans spitze Kinn. In gebrochenem Deutsch versucht er, die Lage zu schildern.

„Sieht nicht gut aus“, sagt er bitter.

Marie läuft hektisch einen Schritt auf ihn zu. „Was? Was genau heißt das?“

„Sind Sie etwa seine Frau?“ fragt er vorwurfsvoll.

Sie nickt.

„Haben Sie nicht bemerkt, wie krank Ihr Mann ist?“

Irene tritt schlichtend an seine Seite. „Vorwürfe bringen doch jetzt nichts. Erzählen Sie endlich, was ihrem Mann fehlt!“

„Er könnte sterben“, sagt er daraufhin direkt. „Es, ... es ist kompliziert, ... eine neue Form der Malaria, ... sehr, sehr schwierig oder vielleicht, er wird nie wieder richtig gesund?!? Man kann es nicht wissen?!?“

Erschrocken weicht Marie zurück. ‚Sterben? Nie wieder richtig gesund?‘ In Gedanken wiederholen sich seine Worte, und ein schwerer Druck legt sich beklemmend auf ihre Brust. ‚Wie soll ich allein zurechtkommen, die Ernte, Brasilien und das Haus? Ich werde verhungern ...‘, denkt sie angsterfüllt.

Irenes Hand greift derb nach ihrem Arm und schüttelt sie. „Geht es Ihnen gut?“

Abwesend nickt sie.

Der Arzt schüttelt reserviert den Kopf. „Eine Frau muß aufpassen auf ihren Mann", sagt er noch garstig, macht kehrt und läuft den Weg zur Straße hinunter.

Irene flucht. „Nehmen Sie ihn bloß nicht so ernst. Er ist immer so, ein furchtbarer Mensch, aber leider brauchen wir ihn hier!"

Marie vernimmt ihre Worte undeutlich aus der Ferne. Währenddessen läuft ihr Leben noch einmal rückwärts im Geiste ab, und die Zukunft verliert sich endlos im Nirgendwo.

„Nein, nein", sagt sie mit weit aufgerissenen Augen, „er hat vielleicht recht. Kann ich Georg jetzt mit nach Hause nehmen?"

Überrascht über diese Frage, denkt die alte Frau kurz nach. „Ich glaube, es ist besser, wenn er eine Weile hierbleibt. Der Transport wäre zu anstrengend, und auch Sie sollten erst ein wenig zur Ruhe kommen."

„Nein, das kann ich nicht", entgegnet Marie schnell.

„Doch, so ist es besser! Gehen Sie jetzt nach Hause", sagt Irene bestimmend.

„Hat er, ... ich meine, ... hat er das ernst gemeint, mit ... *könnte sterben?*" fragt sie stotternd.

„Nun, wir müssen für Ihren Mann beten. Es steht sehr schlecht um ihn."

Marie verschränkt hilflos die Arme vor der Brust.

Lukas, der die ganze Zeit geschwiegen hat, bleibt auch jetzt stumm. Er glaubt, daß Maries ängstliche Reaktion ganz und gar aus Sorge um Georg herrührt und versucht deshalb, sich jeglichen Zweifel daran zu ersparen.

Heimlich und ungewollt aber schleicht sich ein wenig Eifersucht in sein Herz. ‚Sie liebt ihn mehr, als es äußerlich zu erkennen war', denkt er und zieht sich traurig in sein Innerstes zurück.

„Ich möchte aber wenigstens zu ihm, ... jetzt", bittet Marie.

Irene sieht keinen Grund, ihr diesen Wunsch abzuschlagen, nimmt ihre Hand und führt die junge Frau leise hinein ins Haus.

Im hinteren Teil des Raumes neben dem Fenster liegt Georg auf einer Holzpritsche. Sein Gesicht ist stark gerötet, und die Haut wirkt, vom ewig herabrinnenden Schweiß, aufgeweicht. Die Haare hängen ihm naß von der Stirn.

Auf Zehenspitzen schleicht Marie zu ihm und setzt sich leise auf die Bettkante. Traurig betrachtet sie ihn eine Weile.

„Kann er mich hören?"

Irene schüttelt den Kopf. „Der Arzt hat ihm etwas zur Beruhigung gegeben. Er schläft jetzt."

„Wie lange wird es dauern? Ich meine, *wenn* er wieder gesund wird", flüstert sie.

Die alte Dame hebt nichtwissend die Schultern. „Sie müssen Geduld haben", sagt sie eindringlich.

Marie nickt folgsam.

‚Falls ich eines Tages Georg für etwas danken werde, dann wahrscheinlich dafür, daß ich erst nach Brasilien kommen mußte, um *genau dies* zu erfahren', denkt sie bedrückt. Allmählich und ohne wirklich eigenen Einfluß wird die Geduld zum festen Bestandteil ihres Lebens.

Erneut schleicht sich eine beklemmende Vorahnung in ihr Bewußtsein. ‚Werde ich allein zurückbleiben und im Dschungel dieses Landes vergebens auf etwas hoffen, das nie eintritt? Wie schön wäre es, jetzt zu Hause in Deutschland zu sein', träumt sie und unbezähmbares Heimweh vervollkommnet ihre Schwermut.

„Werden Sie allein zurechtkommen?" fragt Irene und reißt sie aus ihren Gedanken, doch Marie antwortet nicht gleich.

„Sie können mich besuchen, wenn Sie Schwierigkeiten haben. Auch ich mußte hier ein neues Leben aufbauen und brauchte Hilfe." Ohne auf eine Reaktion zu warten, fährt sie fort. „Brasilien hat mir persönlich Glück und Frieden gebracht. Es ist ein gutes Land, auch wenn Sie das im Moment nicht sehen."

Überraschend läßt Marie sich leise von der Bettkante auf die Knie fallen, senkt verbissen den Kopf und faltet die Hände zum Gebet.

Irene wartet respektvoll.

„Sie haben recht, im Moment sehe ich wirklich nichts Gutes an diesem Land“, murmelt Marie während ihres Gebetes.

Die alte Frau hebt nachdenklich den Kopf und überlegt, was sie darauf sagen könnte. Nach einer Weile des Besinnens beginnt sie, eindringlich zu erzählen.

„Jeder stößt irgendwann im Leben an seine Grenzen. Das ist normal. Ich bin davon überzeugt, daß alles einen Sinn hat und unser aller Herrgott nur den stärksten Charakteren die größten Herausforderungen stellt.“

Mit traurigem Blick erhebt sich Marie langsam. Für heute sind ihre Kräfte ganz und gar aufgebraucht. Es muß inzwischen nach Mitternacht sein, und jedes weitere Wort würde sie mehr zum Schweigen bringen.

„Ich werde jetzt nach Hause gehen“, flüstert sie.

Nachdenklich bleibt die alte Frau mit ihrem Patienten zurück.

Allein

Ein Woche ist seither vergangen.

Marie widmet sich ihren täglichen Pflichten und vergräbt die schlechten Gedanken ins Verborgene der Arbeit. In Schroeder hat sich ihre Situation schnell herumgesprochen, und von Zeit zu Zeit kommt jemand vorbei, um nach dem Rechten zu sehen.

Alle Mühe ist jedoch zu wenig, da letztendlich jeder einzelne um seine eigene Existenz kämpft. Eine erste Ernte im kommenden Jahr wird es bei Marie und Georg deshalb nicht geben, denn allein konnte sie die Kraft nicht aufbringen und ein ganzes Feld bewirtschaften.

Soeben hängt sie eine vom Nachbarn Helmut geschenkte Bananenstaude am Pfosten vor ihrer Hütte auf, als Lukas den Weg hinaufläuft. Fast täglich besucht er sie und bietet unermüdlich seine Hilfe an. Immer jedoch lehnt sie dankend ab.

Marie fürchtet sich vor seiner gewinnenden Nähe und den Gerüchten, die entstehen würden, wenn er als unverheirateter Mann zu oft bei ihr ein und aus geht. Innerlich bestreitet sie all dies und glaubt, im Unausgesprochenen das vermeintliche Unheil verhindern zu können.

Seine Fürsorge unterdessen entspricht dem einfachen, natürlichen Verlangen, der jungen Frau zu helfen.

„Wie geht es dir heute?“ fragt er deshalb aufrichtig und läuft auf sie zu.

Sofort will Marie ihm ausweichen und tritt einen Schritt nach hinten, als sie aus Versehen gegen einen Eimer mit Spülwasser stößt. Dieser fällt um und ergießt sich breit über Lukas’ Füße. Tolpatschig springt er zur Seite, woraufhin sie verlegen zu lachen beginnt.

„Was ist daran so lustig?“ fragt er gespielt ernst.

„Es sah komisch aus, wie du aufgesprungen bist“, entgegnet sie und lacht weiter.

In diesem Moment zieht ihr fröhlich aussehendes Gesicht ihn in einen mächtigen Bann. Zum ersten Mal sieht er sie aufrichtig lachen. Das breite Ziehen der Mundwinkel bis zu den Ohren und die lustigen Wangenknochen, die dabei auf und ab hüpfen, faszinieren ihn. Wie ein kleiner Junge steht er da und starrt sie verzaubert an.

Erst jetzt bemerkt Marie, daß er ein Bündel auf dem Arm trägt.

„Was hast du da?“ fragt sie neugierig.

Aus einem Stück Stoff holt er ein junges Hündchen hervor. Der Kleine blinzelt verwundert gegen die Sonne, weil seine Augen im Tuch des Bündels verhüllt waren. Trottelig und verschlafen betrachtet er seine neue Umgebung. Lukas gibt ihn frei, und sogleich tappst der Hund munter zu Marie und schnuppert sie zutraulich an.

„Ich dachte, da du jegliche Hilfe und Gesellschaft meinerseits ablehnst, könnte vielleicht er dein Herz erweichen“, sagt er hoffend und lächelt. „Ihm fehlen zwar noch ein paar Manieren und stubenrein ist er auch nicht, aber ... .“

Marie lächelt verschüchtert. „Das ist Bestechung“, erwidert sie theatralisch. „Und darauf steht eine hohe Strafe.“

Begeistert nimmt sie den Welpen auf den Arm und streichelt ihn sanft. Für einen Moment widmet sie sich ausschließlich dem Hund und läßt Lukas unbeteiligt stehen. Sie ist fasziniert von dem tapsigen Benehmen des Kleinen, der ungeniert derb an ihren Fingern kaut und sämtliche Beißvariationen ausprobiert.

Immer wieder will sie sich von ihm befreien, doch er bleibt hartnäckig und drängt streitsüchtig nach ihrer Aufmerksamkeit. Ein Gefühl von erleichtertem Behagen erfüllt sie, und ohne es zu merken, lächelt sie erneut.

„Ja, es ist wirklich einsam hier draußen“, sagt sie plötzlich verträumt.

Erstaunt sieht er sie an. „Wieso läßt du dir dann nicht helfen?“

Abrupt gibt sie den Hund frei, macht kehrt und setzt sich trotzig auf die Bank vor der Hütte. „Ich bekomme genug Hilfe.“

„Ja, aber wieso läßt du dir nicht von *mir* helfen?“

Er nutzt die Gunst der Stunde, um endlich zu erfahren, warum sie sich so verhält.

Marie, die zugegebenermaßen durch sein liebenswürdiges Geschenk etwas erweicht ist, läßt nervös die Beine baumeln und sucht angestrengt nach einer plausiblen Erklärung.

Sie befindet sich jedoch eindeutig in einer Sackgasse und möchte keinesfalls taktlos erscheinen. ‚Kann ich an meinem Schweigen festhalten?‘ Traurig sieht Marie ihn an und bemerkt seinen ehrlich gemeinten Gesichtsausdruck.

‚Nein‘, denkt sie plötzlich und verwirft, für sich selbst überraschend, ihr eigenes Prinzip. Mitten im Gedankensprung beginnt sie deshalb zu erzählen. „Es ist schon komisch, daß gerade du immer wieder hier auftauchst.“

Lukas ist irritiert. Er kann sich nicht erklären, was im Kopf dieser Frau vor sich geht. „Was meinst du damit?“

„Ich hätte nicht gedacht, daß du soviel Mut hast“, spricht sie und sorgt für weitere Unverständlichkeit.

„Mut?“ wiederholt er fragend.

„Ja, immerhin ist das alles direkt während unseres Tanzes passiert“, erklärt sie und ist selbst erstaunt, wie leicht ihr die unangenehmen Worte über die Lippen gehen.

Lukas beginnt allmählich zu verstehen. „Nein“, sagt er ruhig.

„Nein?“ wundert sie sich.

„Ich bin eben anders, als du dachtest, um die Frage, was den sogenannten Mut betrifft, zu beantworten, und warum sollte unser Tanz mit Georgs Krankheit in Verbindung gebracht werden? Das verstehe ich nicht?“

Marie blinzelt verlegen gegen die Sonne.

„Und wieso kommst du dann immer wieder hierher?“

„Jedenfalls nicht aus schlechtem Gewissen, wie du offensichtlich meinst“, sagt er schnell. „Es tut mir einfach leid, dich hier so allein mit der ganzen Arbeit zu wissen. Ich möchte dir eben helfen!“

Marie schweigt peinlich berührt und weiß nichts mehr dagegen zu setzen.

„Laß dir einfach nur helfen, bitte!“

Lukas tritt einen Schritt auf sie zu und geht leicht in die Hokke. In seinen Augen sieht sie wieder diesen reinen Ausdruck, ohne Hintergedanken und ohne böse Absichten. Ein unerwartetes Vertrauen legt sich um die verklemmten Muskeln ihrer Brust und schmeichelt sich wohltuend in ihren ganzen Körper.

‚All jenes, was er in diesem Moment sagt, ist auch so gemeint‘, denkt sie und sieht es in seinen Augen, die so klar sind, daß sich ihr eigenes Gesicht darin widerspiegelt. Kein Mensch mit Lügen im Sinn würde sie derart offen anblicken.

‚Wie beneidenswert muß jene Frau sein, die sich seiner aufrichtigen Sorge gewiß sein kann‘, denkt sie wehmütig.

Um ihre Gedanken jedoch nicht offen preiszugeben, weicht sie der Situation betont gleichgültig aus. „Gut, wenn du mir unbedingt helfen möchtest, dann bitte! Aber sei diskret, ich möchte nicht zum Gespött der Leute werden."

Vorerst zufrieden nickt er, worauf sie sich rasch von der Bank erhebt und suchend umschaut. „Das Feld müßte urbar gemacht werden", sagt sie steif.

Er lächelt ein wenig, und es ist ihm nicht entgangen, wie hölzern sie sich plötzlich benimmt. „Gut, dann laß uns gleich jetzt damit beginnen", erwidert er.

Seitlich am Haus lehnen eine Hacke und ein Spaten, die er sich nimmt und mit denen zielgerichtet hinters Haus läuft. „Was hältst du davon, wenn wir das Feld hier anlegen?"

„Ist gut", antwortet sie knapp.

„Hier sieht es wirklich wüst aus! Wie bist du nur die ganze Zeit allein zurechtgekommen?" fragt er und schüttelt den Kopf.

„Ich war nicht allein, die Nachbarn helfen und Irene ... und die Kirche. Irene sagt, ich soll den hiesigen Pfarrer fragen", verteidigt sie sich.

Lukas beginnt, laut aufzulachen. „Die Kirche", sagt er in abwertendem Ton, nickt verächtlich und scharrt mit dem Fuß etwas Erde beiseite. „Bis dahin bist du wahrscheinlich gänzlich verhungert. Du siehst sowieso ziemlich mager aus."

Verlegen sieht sie an sich herunter. Ihr Kleid hängt ohne Form und schlaff am Körper. Die Schuhe gehören Georg, sind demnach viel zu groß, und ihre Haare hängen zerzaust und ungepflegt vom Kopf. Ihr ist es peinlich, daß er sie so sieht, und um von sich abzulenken, greift sie das vorherige Thema wieder auf.

„Was hast du eigentlich gegen die Kirche?"

Lukas hebt skeptisch den Kopf und sieht sie prüfend von der Seite an. „Jeder sollte ein paar Geheimnisse haben, nicht wahr?"

Ohne weiter darauf eingehen zu wollen, nimmt er den Spaten und beginnt mit der Arbeit. Er reißt die dichten Sträucher und wilden Gräser heraus und trennt die Wurzeln geschickt vom Boden. Hat er sich ein paar Meter nach vorn gearbeitet, geht er zurück und gräbt tiefer ins Erdreich, um den Boden vollständig umzupflügen.

Marie, die noch immer über seine ablehnende Haltung nachdenkt, beobachtet ihn. Gekonnt und kraftvoll gräbt er den Spaten wieder und wieder in die Erde. Jeder der einzelnen Handgriffe sitzt, als ob er nie etwas anderes im Leben gemacht hätte.

Und doch zeigt sein Anblick kleine sympathische Makel. Er beugt den Rücken mühsam zur Seite, um den Bewegungen des Spatens zu folgen, flucht leise, wenn sich ein Ast ihm widerspenstig in den Weg stellt und wischt anhaltend den triefenden Schweiß von der Stirn.

Sie denkt an Georg, der kräftiger und größer als Lukas gebaut ist und dadurch für Frauen unwiderstehlicher wirkt. Rein äußerlich schien keinerlei Fehler an Georg erkennbar zu sein. Als junges Mädchen faszinierte er sie vom ersten Augenblick.

Verärgert über die nutzlose Träumerei, während Lukas tatkräftig ihre Arbeit verrichtet, rügt sie sich selbst.

„Kann ich etwas helfen?“ fragt sie unbeholfen.

„Das lose Holz und Geäst muß gesammelt und anschließend am Feldrand auf einen Haufen geworfen werden“, antwortet er abgekämpft.

Sie nickt und macht sich sofort an die Arbeit. Der kleine Hund tappt ihr währenddessen erwartungsvoll hinterher, spielt mit den Ästen oder versteckt sich dahinter und läßt ab und zu ein fröhliches Bellen ertönen.

Lukas arbeitet unterdessen gedankenversunken vor sich hin. Ehrgeizig will er noch heute soviel wie möglich bewerkstelligen und gräbt immer schneller Stück für Stück in den harten Boden. Da gibt der Griff des Spatens nach und zerbricht. Enttäuscht wirft er ihn beiseite und stützt trotzig die Hände in die Hüften.

Marie, die gesehen hat, wie der Griff durch die Luft flog, sieht ihn fragend an.

Lukas hebt verdrießlich die Schultern und schüttelt jungenhaft den Kopf. „Entschuldige, ich werde dir den Spaten natürlich ersetzen.“

Unschuldig und wie auf frischer Tat ertappt, grinst er sie liebevoll an. Ihr erscheint es unwiderstehlich, und automatisch lacht sie zwangsläufig zurück.

‚Er fasziniert mich‘, fährt es ihr erschrocken durch den Kopf, während sie gleichzeitig von einem warmen Gefühl der Sicherheit umströmt wird. Noch nie hat sie es so intensiv empfunden und gebraucht. Angst und Glück vermischen sich gleichermaßen mit Herzklopfen und Traurigkeit.

‚Lukas gehört einer anderen Frau‘, erinnert sie sich niedergedrückt und eine kühle Brise weht bei diesem Gedanken an ihr vorbei. ‚Ich bin einfach nur verwirrt, weil Georg krank ist. Alles wird sich klären, wenn er erst wieder nach Hause kommt.‘

Der Anfang vom Ende

Georg wälzt sich seit Tagen im Fieber unermüdlich von einer Seite auf die andere. Irene versucht anhaltend, mit einem feuchten Tuch seine Stirn zu kühlen, doch im Wahn schlägt er immer wieder zu und schaut sie mit großen, weit aufgerissenen Augen an. Die alte Frau bleibt gelassen und versucht es geduldig weiter. Irgendwann bricht er meist vor Erschöpfung in sich zusammen und schläft unruhig ein.

Zweimal täglich besucht Marie ihn verantwortungsvoll, ohne ein Zeichen der Besserung zu erkennen. Der Arzt hüllt sich in rätselhaftes Schweigen, und zu allem Übel hat Georg schwere Hustenanfälle hinzubekommen. Stunde um Stunde geht es ihm schlechter. Die Medizin, die seine Krankheit lindern soll, spuckt er fast immer wieder aus.

Mit der geringen Hoffnung auf eine Genesung schwindet auch Maries Glaube an eine gemeinsame Zukunft. Ständiges Zweifeln und Grübeln *darüber* begleiten ihren Weg. Die innere Stimme meldet sich wiederkehrend und warnt vor falschen Rückschlüssen.

Innerlich zerrissen, bemerkt sie nicht, wie trotz allem schleichend Stärke in sie einzieht und langsam der ewigen Trübsal zu weichen beginnt.

Eine weitere Woche vergeht, und die Arbeit auf dem Feld schreitet zügig voran. Lukas hat den Spaten inzwischen repariert und gräbt nunmehr die letzten Meter zu einem glatten Boden um.

„Du mußt etwas essen", sagt Marie und steht mit einem voll bepackten Korb am Feldrand.

„Ich komme mir vor wie ein Mastvieh", erwidert er lachend. „Du hast doch selbst kaum genug. Ich möchte wirklich nicht, daß du alles ... "

„Bitte streite nicht mit mir. Du könntest mich sowieso nicht vom Gegenteil überzeugen", unterbricht sie seine Worte. „Kein Argument dieser Welt wird mich davon abhalten, dir auf diese Weise meinen Dank auszusprechen."

Er flucht. „Das mußt du aber nicht! Ich helfe dir, ohne eine Gegenleistung zu erwarten."

„Das weiß ich", sagt sie verlegen, wendet sich ab und blickt nachdenklich aufs Feld.

„Spätestens in zwei Jahren kannst du hier deine erste große Ernte einfahren", erklärt Lukas stolz, der ihrem Blick gefolgt ist.

Sie nickt zweifelnd, stellt den Korb zu Boden, setzt sich auf einen Holzstumpf und beginnt, die Speisen auf einem Tuch auszubreiten. Lukas kniet sich neben sie und nimmt etwas von dem Essen. Wortlos schwelgen sie einen Moment lang im Augenblick des scheinbar perfekten Lebensgefühls.

„Laß uns für heute zusammenpacken! Morgen ist auch noch ein Tag", sagt er schließlich, schluckt den letzten Bissen hinunter und steht auf.

Es ist ihm nicht entgangen, daß sie seit Tagen grübelt, von Zeit zu Zeit hilflos verharrt und still vor sich hin starrt.

Sie glaubt, daß er es nicht bemerkt, jede Bewegung jedoch, all ihre Gesten und vor allem jedes Lächeln nimmt er bewußt wahr. Allzugern würde er sie aus der Starre befreien.

Marie packt die restlichen Speisen zurück in den Korb, als Lukas bereits vor die Hütte zum Wassertrog läuft. Er zieht ungeniert sein Hemd aus und beginnt, sich zu waschen. Marie, die ihm gefolgt ist, wundert sich über sein intimes Verhalten und beobachtet ihn heimlich.

„Du könntest mir den Rücken scheuern", sagt er frech und bespritzt sie breit grinsend mit Wasser.

Verschüchtert durch seine Schamlosigkeit sieht sie ihn sprachlos an und kann sich gleichzeitig ein Lachen nicht verkneifen. Angestrengt überlegt Marie, wie sie ihm diese Dreistigkeit heimzahlen könnte. Ohne ein Wort dreht sie sich daraufhin um und läuft geschwind ins Haus.

Lukas, der ihre Reaktion nicht zu deuten vermag, will gerade sein Hemd wieder anziehen, als Marie mit einem Eimer voll Wasser zurückkehrt. Sie nimmt kurz Anlauf, und der Inhalt ergießt sich breit über seinen Körper.

Nun ist er gänzlich naß, trieft von oben bis unten, und selbst seine Haare sind völlig durchweicht. Gespielt entgeistert sieht er sie an, mit einem Blick, der selbst Tote zum lauten Lachen bringen würde.

Das Spiel beginnt ihr zu gefallen und sie amüsiert sich vortrefflich, was in Lukas endgültig den Jagdinstinkt weckt. Mit ernstem Gesicht und noch immer vor Wasser triefend, kommt er scheinbar drohend auf sie zu.

Marie dreht sich rasch um und ergreift die Flucht. Er läuft ihr ungestüm hinterher. Beide lachen wie Schulkinder und liefern sich eine wilde Verfolgungsjagd quer über das Gelände. Aufgeregt rennt der kleine Hund bellend dazwischen.

Wenige Schritte vor der Hütte holt er sie ein und hebt ihren Körper fest nach oben, bis die Beine hilflos in der Luft baumeln.

Marie lacht und versucht vergebens, sich loszureißen, sein Griff jedoch lockert sich nicht.

Das Wasser an Lukas' Körper geht mit jeder zappeligen Bewegung auf sie über, bis auch ihr Kleid völlig durchnäßt ist. Gespielt ernst hält er sie so vor sich, daß sie ihm direkt in die Augen sehen muß. Sein Gesicht ist ganz nah an dem ihren und die Situation erinnert an ihren gemeinsamen Tanz.

Maries Herz beginnt laut zu schlagen. Völlig willenlos geschehen Dinge, die sie nicht zu steuern vermag. Ein wohliges Gefühl umschließt ihren Körper, und am liebsten würde sie die Arme um ihn schlingen, um endlich miteinander vereint zu sein.

Dieser Gedanke verunsichert sie plötzlich so stark, daß sie sich schnell befreien will und unbedacht den Augenblick zerstört.

„Wo ist eigentlich deine Freundin? Ich habe gehört, du hast jemanden kennengelernt? Ist sie denn hübsch?" Die Worte sprudeln ohne Sinn und Verstand aus ihr heraus.

Lukas erstarrt. Er kann und will diesen Moment nicht vergehen lassen, doch sein rechtes Augenlid zuckt bereits verdächtig. Wie aus dem Nirgendwo hat er ihre Frage vernommen und fühlt sich augenblicklich eiskalt ernüchtert.

Widerwillig stellt er sie auf die eigenen Beine zurück und fährt sich nachdenklich mit der Hand durch die nassen Haare.

„Es ist besser, wenn ich jetzt gehe", sagt er ruhig und glaubt, daß sie mit ihrer Frage genau das zu bezwecken versuchte.

Zögernd dreht er sich um, nimmt sein Hemd vom Waschtrog und läuft, ohne sich zu verabschieden, den Weg hinunter.

Marie steht regungslos an jener Stelle, wo er sie gerade eben abgesetzt hat. Das Wasser an ihrem Körper hat inzwischen die Haut aufgeweicht. Sie kann nicht unterscheiden, ob es sie deshalb fröstelt oder vielleicht, weil der Gedanke, ihn erneut zurückgewiesen zu haben, sie innerlich zerreißt.

Flehend hofft sie, er möge umkehren und sie in seine Arme schließen. Nichts dergleichen geschieht. Von sich selbst angewidert, bleibt sie zerstreut und allein zurück.

Zum gewohnt wiederholten Mal beginnt sich das Rad der nicht enden wollenden Gedanken in ihrem Kopf zu drehen, ohne Sicht auf einen Ausweg. Der Kreis, in dem sich all die Denkweisen verlieren, ist immer derselbe, und sie erinnert sich an Irenes Worte, bei Kümmernissen ihren Rat einzuholen.

‚Die alte, weise Frau kennt vielleicht eine Erklärung für mein elendes Dasein', hofft Marie und klammert sich an diesen Gedanken.

Ein weiser Ratschlag

Irene sitzt müde und abgekämpft im Schaukelstuhl, als es leise an der Tür klopft. Die Überraschung, die junge Frau heute bereits zum dritten Mal zu sehen, läßt sie sofort einen ferneren Grund vermuten.

„Mit Ihnen hätte ich nicht mehr gerechnet", flüstert Irene und trinkt weiter ihren Chimarão, eine Art Matetee.

Marie schleicht zu Georg. „Wie geht es ihm?"

„Nicht anders als nach dem Mittag. Er schläft jetzt, aber es hat lange gedauert, bis er endlich zur Ruhe fand."

Sie betrachtet ihn eine Weile. Im Fieber dreht er den Kopf leicht von einer Seite zur anderen. Sein Mund ist spröde vom wenigen Wasser, das er zu sich nimmt. Kleine Fältchen bilden sich trocken um seine Augen.

„Kommen Sie, er muß jetzt schlafen", tadelt Irene. „Lassen Sie uns nach draußen gehen. Wollen Sie vielleicht auch etwas von dem Tee?"

Marie nickt abwesend. Wie ein wehrloses Kind liegt er, der sonst so dickköpfig und rauhbeinig ist, vor ihr. Oft hat sie sich einen Mann gewünscht, der sich helfen und umsorgen läßt, sie zum Ausgleich dann respektiert und achtet. Statt dessen verweigert Georg sich ihr, wird immer fremder und zieht sich verbittert in seine Welt zurück.

‚Ist es nicht zuviel verlangt, jemandem treu zur Seite zu stehen, der einem gegenüber keinerlei Empfindung mehr zeigt?‘

Tief atmet sie aus und bringt den Gedanken zu Ende.

Vor der Tür setzt sie sich neben Irene auf die Bank und schließt die Augen. Die laue Luft des späten Nachmittags ist zwar immer noch sehr warm, doch die quälende Schwüle hat ein wenig nachgelassen. Die Tage werden jetzt zunehmend heißer, aber auch trockener und damit angenehmer für den Körper. Der Sommer hält Einzug und viele der Dorfbewohner bewirtschaften emsig die Felder, in der Hoffnung, in wenigen Monaten etwas Eßbares ernten zu können.

Irene reicht Marie eine Kokosnußschale mit dem Tee.

„Das regt Geist und Körper an“, sagt sie. „Die Einheimischen nennen es Chimarão, grüner Tee aus der Matepflanze, ist ein Nationalgetränk hier.“

Marie kostet vorsichtig und verschluckt sich sogleich an den feinen Extrakten der Matepflanze. „Deshalb trinken wir es auch mit diesem Halm, der unten wie ein Sieb funktioniert“, erklärt sie den Mechanismus.

Die beiden Frauen trinken und schweigen für einen Moment.

Als Irene den letzten Schluck genommen hat, sieht sie Marie ernst an. „Georg ist noch nicht über das Schlimmste hinweg. Sein Fieber steigt weiter. Der Arzt will ihn morgen noch einmal untersuchen.“

„Wird er denn sterben?“ fragt Marie leise.

Beruhigend legt die alte Dame eine Hand auf ihre Schulter. „Ich werde alles tun, damit das nicht passiert“, erwidert sie und stockt zugleich nachdenklich.

„Ansonsten, ... ich meine, egal, was auch geschieht, es liegt nicht an uns, über diese Dinge zu entscheiden.“

Der Glaube an Gott läßt die betagte Frau in solchen Angelegenheiten derart sicher sein. Was der Herr in seiner Güte entscheidet, kann der Mensch nicht beeinflussen. So denken viele im Dorf. Sie sind fest in ihrem Glauben verankert, denn ohne ihn hätte vielleicht manch einer längst die Rückkehr angetreten.

Marie, die ebenfalls tugendhaft leben möchte und fest an eine Kraft glaubt, die ihr Leben zu beeinflussen vermag, hat bisher dafür keinen Namen gefunden. Gott oder ein anderes Wesen oder überhaupt kein Wesen? Der jungen Frau blieb jenes Geheimnis bislang verborgen. Und dennoch bewundert sie all die, die so fest im Glauben an Gott stehen und damit jedwede Hürde überwinden.

Sie erinnert sich an Lukas' abwertendes Lachen, als sie die Kirche erwähnte. Zum ersten Mal verspürte sie etwas Fremdes an ihm, etwas, womit er möglicherweise nicht mit ihr übereinstimmte. Maries Gedanken gehen zurück zu dem kindischen Katz-und Maus-Spiel am Wasserfaß, und unvermeidlich muß sie lächeln.

„Woran denken Sie?" fragt Irene, die ihren Gesichtsausdruck bemerkt hat.

Überrascht hebt die junge Frau den Kopf. „Denken?"

„Jetzt wiederholen Sie nicht immer meine Worte! Wissen Sie noch, genau wie damals, als wir uns das erste Mal in der „Vende" begegnet sind?"

Marie nickt beschämt.

„Seit Sie vorhin mein Haus betreten haben, wußte ich, daß etwas nicht stimmt", hakt Irene nach, ohne eine klärende Antwort zu erhalten.

„Sie hadern mit der Krankheit Ihres Mannes, nicht wahr? Aber das ist normal."

„Nein", unterbricht Marie beinahe lautlos.

„Was heißt, *nein*?"

„Nein, ich meine, nicht Georg, er auch, aber es geht nicht nur um ihn", stottert sie.

Verdächtig zieht Irene die Augenbrauen hoch und wartet beunruhigt, bis Marie fortfährt. „Ich weiß es nicht, ... ich bin so durcheinander!" Verzweifelt schüttelt sie den Kopf und hält sich die Hände vors Gesicht. „Es geschehen Dinge, die ich nicht beeinflussen kann, und ich habe das Gefühl, mein Leben vollends zu zerstören!"

„Von welchen *Dingen* reden Sie?" will die alte Dame wissen.

Marie schweigt ängstlich.

„Wer oder was, außer Georg, sollte Ihr Leben zerstören?"

„Lukas", antwortet sie schnell, als wolle sie den Namen von sich streifen.

„Gott steh uns bei!"

Mit erschüttertem Blick erhebt sich Irene abrupt, läuft die Treppe zum Weg hinunter, kehrt um und setzt sich aufgebracht wieder hin.

„Lukas hat Ihnen doch nicht etwa den Kopf verdreht?" fragt sie empört und sendet gedanklich ein Beichtgebet gen Himmel.

„Das kann nicht gut gehen!"

Nervös kaut Marie auf ihren Fingernägeln und bereut schon, ihr Geheimnis ausgesprochen zu haben. Am liebsten würde sie auf der Stelle flüchten.

„Ist es so?" wiederholt Irene ihre Frage.

Marie reagiert nicht sofort.

„Sind Sie in Lukas verliebt?"

Sie nickt.

„Mein Gott, wenn ich so etwas höre", tief holt Irene Luft. „Ich versuche dann immer, mich an meine eigenen Fehler zu erinnern."

Verzweifelt haftet Maries fragender Blick auf ihr.

„Denke ich also zurück, würde ich Ihnen raten, gewisse Dinge auf keinen Fall zu tun!"

Ihr gereizter Ton wird nun etwas ruhiger. Sie atmet noch einmal tief durch und beginnt nach einer kurzen Pause nachdenklich weiterzuerzählen. „Andererseits muß jeder Mensch seinen eigenen Weg finden ... "

Sie stockt erneut und schaut grübelnd in ihre leere Teeschale.

„Was soll ich denn jetzt tun?" fragt Marie leise.

„Tja, wenn ich das wüßte", entgegnet Irene. „Ich kann Ihnen erzählen, wie es bei mir war, und Sie entscheiden selbst."

Sie nickt und läßt die alte Dame weitersprechen.

„Auch mein Leben bestand vormals aus fortwährendem Zweifel, jenseits aller moralischer Vorstellungen, doch für mich es hat sich nicht gelohnt!"

Marie fröstelt es bei diesen ablehnenden Worten. Instinktiv will sie sich verteidigen und beginnt fast lautlos, ihren Kummer von der Seele zu reden.

„Zweifel, Angst, ewige Gedanken, es ist mir allmählich zuwider, immerzu im endlosen Kampf mit mir selbst zu leben", sagt sie, woraufhin Irene überrascht den Kopf hebt.

Langsam fährt Marie fort. „Wissen Sie, im Grunde bin ich auf der Suche nach etwas, was beinahe jedem Menschen vergönnt ist, ganz schlicht und einfach. Ich wünsche mir endlich ein eigenes, seliges Zuhause. *Warum finde ich es nur nicht*?" fragt sie verzweifelt.

„Ich habe mein ungeborenes Kind verloren, als ich den beschwerlichen Weg nach Brasilien gekommen bin", würgt Marie weiter und kämpft gegen die Tränen. „Und mein Mann, ... er liegt im Sterben. Ich ... ich weiß nicht, was ich tun soll."

Ihre Worte treffen die alte Dame mitten ins Herz.

Für einen Moment sitzen sie schweigend da.

Irene überdenkt das Gesagte und muß sich eingestehen, daß die junge Frau eine leidenschaftliche und gutherzige Person ist. Sie erinnert sich an ihr eigenes Leben in Deutschland und verspürt den dringenden Wunsch, ihr dies zu ersparen.

„Etwas zu entscheiden, kann auch bedeuten, eine Basis zu finden, ... ein neues Zuhause, so, wie Sie es suchen", beginnt sie deshalb ruhig zu erzählen.

Überrascht über die Wende, richtet Marie sich auf. „Was meinen Sie damit genau?"

„Entscheiden Sie sich, wenn es die Zeit und unser Herrgott will!"

Ohne auf einen weiteren Kommentar zu warten und als ob dieser Rat ihr auf unverständliche Art mißfallen würde, steht sie auf und bringt die Teeschalen ins Haus.

Als sie wenig später zurückkommt, wechselt sie geradewegs das Thema.

„Was macht eigentlich Ihr Anwesen? Wissen Sie schon, was Sie anpflanzen wollen? Brauchen Sie vielleicht ein Pferd und vor allem, haben Sie schon Papiere, einen neuen Paß für Brasilien?"

Marie blickt sie zunächst verwundert an, ist jedoch über den Themenwechsel dankbar. „Durch Georgs Krankheit hat sich alles verzögert", antwortet sie leise.

„Gut, gut, dann wird es Zeit, ich nehme Sie am besten gleich morgen mit, wollte sowieso in die „Vende" gehen. Einen Paß müssen Sie sich allerdings selbst in Jaraguá ausstellen lassen."

Sie lächelt fürsorglich und tätschelt aufmunternd Maries Hand.

„Ich möchte aber wirklich nicht, daß Sie soviel Aufwand mit mir haben."

„Ach was ...", erwidert die alte Frau. „Wir helfen hier alle einander."

Der Zwischenfall

Der unbefestigte Hauptweg von Schroeder, der zur „Vende" führt, ist staubig, da es seit Tagen nicht geregnet hat. Ein Pferdegespann rasselt über den holprigen Boden und wirbelt Unmengen an schmutzigem Straßenstaub auf. Marie und Irene werden gänzlich eingenebelt und flüchten hustend die Treppe hinauf zum Geschäft.

Vor der Tür empfängt sie ein gut gelaunter Mann, Mitte 60, der beflissen den Sims des Ladens fegt.

„Bom dia, Roberto", grüßt ihn Irene freundlich.

„Bom dia, Senhora Irene”, gibt der Einheimische charmant zurück.

Roberto ist neben dem Arzt der einzige Brasilianer im Dorf. Er führt das Geschäft und schlägt damit eine Art Brücke zwischen den Welten. Als Institution bekommt er alles, was es an Neuigkeiten zu berichten gibt, als erster zu Ohren und gibt die Informationen großzügig weiter. So gilt er als eine Art Zeitungsersatz und einige kommen nur deshalb zu ihm in die „Vende“.

„Kann er denn auch Deutsch?“ fragt Marie nebenbei.

„Ja, aber er liebt seine Landessprache über alles.“

Irene überlegt kurz.

„Es wird sowieso Zeit, daß Sie ein paar Worte portugiesisch lernen. Sicher wäre dies von Vorteil und könnte vielleicht zum Wohlbefinden in diesem Land beitragen. Ich bringe Ihnen das Wichtigste bei, wenn Sie mögen?“

Marie nickt zweifelnd. Sie schwankt, ob sie sich *überhaupt* wohlfühlen möchte oder nicht lieber ihre Sachen packen und flüchten. Ohne die Gedanken offen auszusprechen, folgt sie Irene ins Geschäft, vorbei am ausdrucksvollen Lächeln Robertos.

Im Laden steht Lukas und bezahlt gerade. Er hat verschiedene Lebensmittel in eine Holzkiste gestapelt, unter anderem Maniok, Bananen und Maiskolben, und will sie nach draußen bringen, als er Marie und Irene bemerkt.

In Gedanken hat er sich schon mehrfach vorgestellt, wie es sein würde, wenn sie plötzlich vor ihm steht. In einem kleinen Ort wie Schroeder mußte er jederzeit damit rechnen. Nun, da es soweit ist, versucht er seine innere Unruhe zu verbergen und strafft würdevoll die Schultern. Marie steht unterdessen wie angewurzelt im Raum.

„Lukas! Wie geht es Ihnen?“ rettet Irene die Situation.

„Danke gut und Ihnen, ich meine, vor allem Georg, wie geht es ihm?“ stammelt er.

„Schlimm. Wir müssen beten, daß er durchhält“, antwortet Irene ernst, während Marie augenblicklich niedergeschlagen zu Boden sieht.

„Das tut mir leid“, sagt er kurz und versucht, die beiden Frauen irgendwie aufzumuntern.

„Ich bin gerade dabei, einen Vorgarten an meinem Haus zu gestalten. Vielleicht könnten Sie mir ein paar Ratschläge geben? Ich kenne mich mit den einheimischen Pflanzen nicht so aus“, fragt er aufrichtig.

Irene sieht ihn überrascht an und fühlt sich gleichzeitig geschmeichelt, daß er ihre Hilfe in Anspruch nehmen möchte.

„Dabei kann ich Ihnen natürlich gern helfen“, sagt sie deshalb. „Wie weit sind Sie denn überhaupt mit dem Bau Ihres Hauses?“

„Es ist fertig, schon seit einigen Tagen“, antwortet er und weiß, daß es nur höflich wäre, sie daraufhin einzuladen.

Überlegend scharrt er mit einem Fuß auf dem Boden. „Wollen Sie es sich vielleicht ansehen? Sie können mich gern besuchen?“

Sein Blick richtet sich fragend auf Marie. Sehnsucht, Verlangen und der tiefe Wunsch, sie endlich wieder fröhlich und in seiner Nähe zu wissen, beflügeln ihn augenblicklich.

Instinktiv und ohne tiefgründig nachzudenken, handelt er deshalb schnell. „Du bist natürlich auch eingeladen. Ich würde mich freuen, wenn Sie beide gemeinsam zu mir kommen“, sagt er und erntet Maries ablehnenden Blick.

„Ich weiß nicht, ob ...“, skeptisch beginnt Irene und beendet den Satz nicht.

„Ich bestehe darauf, daß Sie *beide* zu mir kommen“, wiederholt Lukas, ohne eine Ablehnung akzeptieren zu wollen.

Irene nickt zweifelnd, woraufhin er seine Holzkiste mit dem Eingekauften packt, sich kurz verabschiedet und den Laden verläßt.

„Warum haben Sie die Einladung nicht abgeschlagen?“ schimpft Marie unvermittelt.

Irene hebt abwehrend die Schultern „Aus Höflichkeit, immerhin ist es sein Wunsch, und ich würde mir wirklich sehr gern sein Haus einmal ansehen“, antwortet sie und schüttelt verständnislos den Kopf. „Sollte ich ihm etwa absagen?“ fragt sie noch.

Marie schweigt verneinend, ärgert sich und weiß gleichzeitig, daß Irene im guten Glauben gehandelt hat.

In diesem Moment kommt ihnen Roberto dienstbeflissen entgegen und lenkt auf ein anderes Thema. „Ich glaube, die kleine Senhora hat Post bekommen, aus Deutschland“, sagt er in gebrochenem Deutsch und reicht Marie einen zerknitterten Brief.

Freudig überrascht bedankt sie sich ungeduldig und liest als Absender den Namen ihrer Freundin Elisabeth. Aufgeregt legt sie den Umschlag in ihren Korb.

Roberto ist neben seinen Tätigkeiten als Verkäufer und Barkeeper auch Anlaufstelle der Post. Die Briefe werden bei ihm deponiert und da sowieso beinahe jeder einmal die Woche in den Laden kommt, auf diese Weise an die Empfänger verteilt.

„Sind diese Maniokknollen auch frisch?“ fragt Irene kritisch.

„Ja, Senhora Irene, heute morgen hat sie der Bauer Obenaus gebracht“, erwidert Roberto eifrig.

Sie nickt argwöhnisch und erklärt Marie, worauf sie beim Kauf der einheimischen Früchte achten sollte. „Sie können mit Roberto handeln, aber vorsichtig“, warnt sie verheißungsvoll. „Er ist ein gewitzter Geschäftsmann, eben ein Brasilianer.“

Spät am Nachmittag kehrt Marie dank Irenes Güte mit einem vollen Einkaufskorb zurück in die Hütte. Immer wieder denkt sie an die unangenehme Situation mit Lukas.

Irenes Worte vom Abend zuvor, sie müsse sich eines Tages entscheiden, wiederholen sich schallend in ihrem Kopf. Alle Überlegungen jedoch führen schonungslos gegen dieselbe Wand. Die Angst, früher oder später allein zu sein, überwiegt. Sie wünscht sich ein sicheres Leben, etwas, worauf sie jederzeit zählen kann. ‚Ist dies automatisch mit jenem Mann verbunden, den ich liebe?‘ fragt sie sich zweifelnd.

Marie setzt sich an den Tisch, zündet eine Kerze an und beginnt gedankenverloren, den Brief ihrer Freundin Elisabeth zu lesen.

„Liebe Marie. Alles im Leben ist von Belang. Du weißt das und ich weiß das. Wie schlimm es auch manchmal erscheinen mag, es wird Dich stark machen für das, was Dir bevorsteht. Stell Dir vor, ich bin jetzt auch schwanger. Ich freue mich so. Walter und ich, wir sind ein Paar, waren es schon seit einigen Monaten, haben es aber geschickt geheimgehalten. Du kennst ja unser Dorf, da gerät man schnell in verräterische Intrigen. Nun ist es offiziell und wir werden heiraten! Dann gibt es noch eine traurige Neuigkeit. Der alte Fred ist gestorben. Ich weiß, daß er für Dich wie ein Großvater war. Aber, er hat nicht gelitten, lag einfach eines Morgens tot in seinem Bett. Bitte, Marie, nimm Dir seinen Tod nicht so zu Herzen. Er ist friedlich von uns gegangen und sein Leben war bis zum Ende ausgefüllt. Ich hoffe sehr, Du hast Dich inzwischen etwas besser eingelebt, und dem Kind in Deinem Bauch geht es gut? Bitte schreib mir schnell, die Post dauert einige Wochen. Ich soll Dich grüßen. Deine Mutter leidet zwar, daß Du in Brasilien bist, wird es aber verwinden, solange es Dir gut geht. Deine Elisabeth."

Dicke Tränen rollen über ihre Wangen, als sie die Worte liest. Marie erinnert sich an ihre letzte Begegnung mit dem alten Fred und weint bitterlich.

In diesem Moment bereut sie es mehr denn je, nicht zu Hause sein zu können, da, wo sie glaubt, am meisten gebraucht zu werden. Statt dessen fristet sie ein menschenunwürdiges Dasein mit Gedanken, die ihr das Herz zerreißen.

Elisabeth, die schon immer ein sorgenfreies Mädchen war, konnte sie dahingehend oft nicht verstehen. Die Dinge des Lebens flogen ihr meistens nur so zu. Und doch bewunderte die eine auf ihre Weise die Art der anderen. Es waren und sind die auffälligen Gegensätze, die sich in ihrer Freundschaft ergänzen.

Um den Kummer mancherorts nicht größer werden zu lassen, redeten sie oft nächtelang und vergruben sich in der Trübsal ihrer Sorgen. Nun, da sie soweit voneinander getrennt waren, mußten ihre Briefe jenes ersetzen.

In den folgenden drei Tagen verändert sich in Maries Leben kaum etwas. Sie trauert um ihren verlorenen Großvater Fred, um die verloren geglaubte Hingabe zu Lukas und um Georg, den sie ebenso im Begriff ist zu verlieren.

Längst hätte sie das Feld bestellen müssen, verspürt jedoch keinerlei Stärke, sich aus der emotionalen Misere zu befreien. Statt dessen flüchtet sie sich in ihr eigenes *Ich* und verschließt sich vor der Realität. Der innere, unüberwindbar erscheinende Zwiespalt stürzt sie in trostlose Niedergeschlagenheit.

„Liebe Elisabeth. Es hat mich sehr getroffen, von Freds Tod zu hören. Ich hoffe und wünsche, er wird in Frieden ruhen. Daß mit Walter und Dir ist eine wirkliche Überraschung. Ich bin froh darüber und wünsche Euch ewiges Glück. Alles verändert sich eben, auch hier ist nichts, wie es scheint oder vormals gedacht war. Ich habe mein Kind verloren. Die schwere Arbeit und die harten Zustände führten dazu. Ich erwarte kein Mitleid, hier in Brasilien ist das ohnehin fehl am Platz. Georg ist derweil an einer schweren Form des Malaria-Fiebers erkrankt. Tag für Tag verschlechtert sich sein Zustand und niemand weiß, ob er überleben wird. Dennoch gibt es Hoffnung, wenn ich meine Augen nicht verschließen würde. Georg spielt dabei keine Rolle mehr. Ein anderer Mann hat sich ungewollt in mein Leben geschlichen. Lukas Berthold, der Bekannte von Walter, Du erinnerst Dich vielleicht. Er ist anders als Georg, aber ich kann es nicht beschreiben. Und da ich nun jenseits einer Entscheidung stehe, habe ich große Angst vor dem, was mich erwartet. Langsam beginnt unser Feld zu entstehen. Ich muß in den nächsten Tagen die ersten Pflanzen einbringen, Maniok, Mais und einige Bananenstauden. Dann gilt meine Hoffnung der baldigen Ernte. Für Dich klingt das vielleicht paradiesisch, und verbanne ich alle Sorgen,

so ist es das auch. Ganz langsam, ich wage es selbst kaum zu begreifen, wird mir Brasilien vertraut. Du hast recht, denn alles ist im ständigen Wandel, und ich bin es irgendwie auch. Deine Marie."

Weitere Tage voller Entbehrung verrinnen. Marie erholt sich schwerfällig von ihrer Trauer, und die Vorräte drohen zur Neige zu gehen. Allmählich muß sie aufstehen, um die selbst auferlegte Last von sich zu werfen.

Am schwersten von allem liegt ihr Lukas' Abwesenheit auf der Brust. Sie vermißt ihn grenzenlos und immerzu, wenn jemand die staubige Straße entlanggelaufen kommt, hofft sie innig, daß er es ist. Fortwährend erinnert sie sich an sein jungenhaftes Lächeln und das unschuldige Gesicht, als der Spaten in alle Teile zerbrach.

Die Einladung in sein Haus hat ihr ein wenig Hoffnung gegeben und dennoch wagt sie es nicht, ihm einfach so gegenüber zu treten. Statt dessen wünscht Marie sich, daß er den ersten Schritt auf sie zugeht.

Gedankenversunken hört sie ein leises Klopfen an der Tür und schreckt benebelt hoch. Sie schleicht zum Fenster und lugt nach draußen. Es ist Irene. Im festen Glauben, etwas Schlimmes sei passiert, öffnet sie hastig.

„Was ist? Etwas mit Georg?" fragt sie sogleich aufgebracht.

„Nein, nein, keine Veränderung, doch, Sie könnten sich ein wenig umziehen", sagt die Alte und betrachtet kritisch Maries Äußeres.

„Was?"

„Ja, etwas Angenehmes, machen Sie schon!"

Marie glaubt an einen Streich. Ohne auf Irenes Worte zu reagieren, setzt sie sich zurück an den Tisch.

„Was ist?" fragt die alte Dame. „Ich dachte, wir nutzen den schönen Nachmittag und sehen uns endlich Lukas' Haus an?"

„Lukas' Haus? Ich habe geglaubt, als Sie hier auftauchten, mit Georg sei etwas Schlimmes passiert, und jetzt fragen Sie so etwas?" Marie unterbricht sich kurz und schnappt nach Luft. „Sie glauben doch nicht ernsthaft, daß ich mitkomme?"

„Nein, da haben Sie recht, aber ich wollte wenigstens fragen."

„Wieso denn?"

Irene setzt sich zu ihr und macht ein ernstes Gesicht. „Ich kann mir vorstellen, was Sie glauben und Ihnen versichern, daß dies nicht stimmt, aber er hat uns nun einmal ausdrücklich beide eingeladen. Es wäre unhöflich, dies zu ignorieren."

Trotzig stützt Marie den Kopf in die angewinkelten Hände. „Es wundert mich, daß Sie eine solche Begegnung befürworten."

„Das tue ich nicht. Jeder ist frei in seiner Entscheidung, aber Sie können an diesem Ort sowieso dauerhaft niemanden aus dem Weg gehen. Eine Klärung Ihres Verhältnisses zu Lukas wäre somit hilfreich."

Für eine Weile sitzen sie sich schweigend gegenüber und überlegen angestrengt.

„Wissen Sie, außerdem ist es doch so", beginnt Irene ihre Gedanken offenzulegen. „Ich habe seit langem wieder einmal einen freien Nachmittag. Der Doktor hat sich bereit erklärt, bei Georg zu bleiben. Es wäre schade, die Zeit hier in Mißmut verstreichen zu lassen. Kommen Sie! Was soll ich denn Lukas erzählen, wenn ich ohne Sie bei ihm auftauche? Er würde womöglich vermuten, daß Sie ihm aus den Weg gehen!"

Marie fühlt sich umzingelt von Irenes Argumenten. Das angestrengte Abwägen aller Vor- und Nachteile führt fortwährend zum selben Ergebnis. Tritt sie Lukas offen entgegen, wird er vielleicht nicht sofort bemerken, wie tiefgründig sie seinetwegen leidet. Zögernd stimmt sie deshalb dem Besuch zu.

Ein kurzer Besuch

Lukas' Zuhause entpuppt sich als kleine Oase, die Hütte als ansehnlich und gemütlich. Würde seine erst jüngste Ankunft in Schroeder nicht bekannt sein, könnten jene im Dorf behaupten, er wohne hier schon seit einigen Jahren.

Die Umgebung des Landes, auf dem er sein Anwesen baute, erscheint vertraut und anheimelnd. Vor der Hütte hat er einen kleinen Garten angelegt, ähnlich denen, die die Bauern in Deutschland üblicherweise pflegen.

‚Er lebt mit einer Frau zusammen', denkt Marie eifersüchtig und stolpert den Kieselweg zum Haus hinauf. Sie kann in ihren lächerlichen Pantoletten kaum einen vernünftigen Schritt laufen.

„Ich komme nur mit, weil sie mich sozusagen überredet haben", verteidigt sie ihr Auftreten zum wiederholten Mal.

Irene verdreht genervt die Augen und ehe Marie ihre Wehklage fortsetzen kann, geht die Tür zum Haus auf. Lukas sieht seinen Gästen freudvoll entgegen.

„Willkommen", sagt er und lächelt.

„Entschuldigen Sie, wir haben uns leider verspätet", erklärt Irene und wirft einen Seitenblick auf Marie.

„Ich wußte ja nicht, daß eine bestimmte Zeit verabredet war", verteidigt sie sich unbeholfen.

„Dann wären Sie wahrscheinlich erst recht nicht mitgekommen", versetzt Irene und bringt Marie in eine noch peinlichere Situation. „Ich ..., ich meine ...", stottert sie.

Lukas ist die Verspätung indes völlig einerlei. Er freut sich, daß beide Frauen seiner Einladung gefolgt sind und um so mehr, daß Marie sich hübsch für ihn gemacht hat. Sie trägt ein buntes Sommerkleid, und die Haare sind locker zusammengeflochten.

Nach dem abrupten Abschied vor zwei Wochen und der darauffolgenden Einladung in sein Haus hatte er im Nachhinein nur *einen* Wunsch: sie endlich wiederzusehen. Er vermißte sie bis in die letzte Faser seines Körpers, und jede Minute, die ohne sie verstrich, empfand er als grenzenlos unbedeutend.

Trotz jener Gefühle bewahrte er anstandslos Distanz, im festen Glauben, Georg würde eines Tages ohnehin zurückkehren und seine ehelichen Rechte einfordern.

Nun, da sie vor ihm steht, verliert dies schlagartig an Geltung. Sämtliche Prinzipien gehen dahin und der mühsam errichtete Schutzwall beginnt, Stück für Stück abzublättern. Mit einem höflichen Lächeln tritt er zur Seite und bittet seine Gäste hinein.

Irene und Marie schauen sich sofort neugierig im Haus um und begutachten jeden Zentimeter genau. Der Wohnraum ist zwar schlicht eingerichtet, strahlt aber einen gewissen Charme aus. Die harmonischen Züge der Möbel laden geradewegs zu einem friedvollen Beisammensein ein.

„Haben Sie das alles selbst gezimmert?" fragt Irene bewundernd.

Er nickt. „In meiner Heimat war ich Tischler, konnte den Beruf aber nicht lange ausüben."

„Warum?"

„Ich mußte in den Krieg", erklärt er kurzangebunden.

Irene nickt nachdenklich. „Waren Sie lange ... im Krieg?" fragt sie behutsam weiter.

„Nein, ich wurde schwer verwundet, ein Schuß in den Rükken", sagt Lukas leise und bemerkt Maries aufhorchende Reaktion.

Sie hatte von dem Mann aus der elterlichen Nachbarschaft gehört, der als Held in die Heimat zurückkehrte, um die vom Krieg geschundene Seele zu heilen. *Er* war es also. Die Leute im Dorf erzählten, daß er für immer gelähmt bliebe, wie durch ein Wunder aber war er vollständig gesund geworden. Seine Berufung als Tischler galt zu jener Zeit, da kaum Männer im Dorf lebten, als eine göttliche Gabe, ähnlich wie gegenwärtig hier in Brasilien.

Marie hätte sich einen solchen Tisch, wie er am Fenster neben der Kochstelle steht, nur wünschen können. Er besaß liebevoll geschnitzte Verzierungen an den Beinen und eine ausziehbare Arbeitsfläche. Der Schrank daneben, aus robustem Holz, war mit grünen Ornamenten, eine Art Blätter, bemalt. Von Armut und den negativen Seiten des Lebens war hier auf wundersame Weise nichts zu spüren.

„Das ist sehr gemütlich bei Ihnen", lobt Irene und setzt sich an den fertig gedeckten Tisch. Marie, die noch immer ein wenig über sie verärgert ist, folgt ihr zögernd.

„Schön, daß es Ihnen gefällt", sagt Lukas dankend. „Wenn es nur nicht so schwierig wäre, Essen zu kochen. Ich hoffe, es wird trotzdem schmecken."

Er lacht verlegen, bringt einen Topf mit Reis und eine Pfanne mit gebratenem Fleisch. „Das ist Wildschwein. Die Männer gehen manchmal zur Jagd, und ein Bekannter hat mir das Stück Fleisch überlassen. Ich werde ihm dafür zwei Stühle zimmern." Beim Reden verteilt er das Essen.

„Da bin ich nun schon drei Jahre in Schroeder und wußte nicht, daß es hier auch Wildschweine gibt", sagt Irene mit hungrigem Blick auf ihren Teller.

„Warum hat eigentlich deine Freundin nicht gekocht?" fragt Marie und ist erschrocken über ihre eigenen, törichten Worte.

Lukas, der bis dahin leicht lächelte, verwandelt seinen Gesichtsausdruck in ein süffisantes Grinsen. „Sie hatte wahrscheinlich andere Verpflichtungen", antwortet er und widmet sich abweisend seinem Essen.

Irene, die jene Bemerkungen nicht zu deuten vermag, mischt sich neugierig ein. „Ach, Sie haben eine Frau kennengelernt? Das ist doch sehr nett!"

Mit einem vielsagenden Blick auf Marie beginnt auch sie zu essen, und Lukas, der sich augenblicklich nicht weiter in Ungereimtheiten verstricken will, läßt die Worte ohne Kommentar stehen.

„Es schmeckt wirklich gut“, lobt Irene und fängt plötzlich an zu lachen. „Wenn ich 30 Jahre jünger wäre, würde ich Sie für mich gewinnen wollen. Sie sind eine gute Partie, aber offensichtlich leider schon vergeben?“

Lukas stimmt in ihr Lachen ein und nickt mehrdeutig beipflichtend. Die Situation ist einfach zu grotesk, als daß er Irene aus ihrer Illusion befreien möchte.

Selbst Marie entspannt sich in diesem Augenblick ein wenig.

„Ich bin übrigens der Meinung, dies wäre eine gute Gelegenheit, daß wir endlich alle *du* zueinander sagen. Ich bin Irene, wie ihr wißt.“ Feierlich hebt sie ihr Glas.

„Und meine Freunde nennen mich einfach nur Luke“, sagt er und setzt ebenso zum Trinken an.

Marie nickt indes zurückhaltend und spielt nervös mit der losen Haarsträhne, die ihr störrisch ins Gesicht hängt.

Gemeinsam trinken und essen sie weiter.

„Warum sehe ich dich nie in unserem Gottesdienst, Luke?“ nutzt Irene sogleich die vertraute Stimmung und fragt ihn neugierig aus.

„Gottesdienst?“ Lukas verschluckt sich beinahe bei dem Wort.

„Ja, unsere Gemeinde ist wirklich eine gute Gemeinschaft. Alle helfen einander.“

Säuerlich sieht er Irene an. „*Das* kann ich mir gut vorstellen.“

Marie beobachtet ihn eindringlich und erinnert sich an seine ablehnende Haltung der Kirche gegenüber. Sie vermutet, daß ihn eine Erfahrung negativ geprägt hat, denn in allen anderen Dingen verhielt er sich bisher nicht dergleichen engstirnig.

„Sie mögen die Kirche wohl nicht“, forscht die alte Frau wißbegierig weiter.

Lukas mißfällt ihre Fragerei, und er möchte sich an diesem Nachmittag keineswegs in alte Geschichten und endlose Diskussionen verstricken. Obwohl es seiner Natur widerspricht, wechselt er deshalb unhöflich das Thema.

„Was macht das Saatgut?“ fragt er mit einem Blick auf Marie.

Überrascht, daß plötzlich sie angesprochen ist, sucht sie verkrampft nach einer passenden Antwort. „Ich, ... ich habe noch nichts gesät“, sagt sie leise, „vielleicht kommt Georg bald zurück und ...“ Unsicher hebt Marie den Kopf und sieht ihn an.

Er zeigt indes keinerlei Gefühlsregung.

„Wie geht es Georg?“ fragt er statt dessen scheinbar zwanglos und richtet sich wieder an Irene.

„Nicht gut. Er kämpft weiterhin gegen das Fieber.“

Kaum hat sie den Satz beendet, klopft es energisch an der Tür. Mit fragenden Blicken schauen sie sich an. Lukas hebt nichtwissend die Schultern, läuft zur Tür und öffnet. Draußen steht der Arzt und macht einen aufgelösten Eindruck.

Langsam und abwartend erhebt sich Irene vom Stuhl. Der besorgte Blick des Doktors mißfällt ihr und verheißt keine erfreulichen Neuigkeiten.

„Es geht ihm wieder schlechter. Ich muß schnell andere Medizin holen“, sagt der Arzt atemlos. „Können Sie zu ihm zurück und solange aufpassen?“

Irene nickt und reagiert sofort. „Es war wirklich köstlich, Lukas! Vielen Dank, aber vielleicht ein andermal ... .“

Kurzerhand verabschiedet sie sich, verschwindet nach draußen und folgt dem Arzt.

Marie sitzt wie gelähmt am Tisch und rührt sich vorerst nicht.

„Wir sollten ihnen nacheilen“, versucht Lukas, sie aufzuwekken.

Wie ferngesteuert nickt sie, richtet sich schlagartig auf und verläßt das Haus. Lukas folgt ihr schweigend.

Vor Irenes Haus beginnt das erneute Bangen um Georgs Zustand. Der Arzt hat inzwischen andere Medizin geholt und versucht, sie dem Patienten einzuflößen. Georgs Situation jedoch bleibt kritisch. Immer wieder fällt er in eine Art Koma, wacht abwechselnd auf und phantasiert. In den letzten Tagen hat er kaum etwas gegessen, wird immer schwächer und schwitzt fortwährend kalten Schweiß.

Eine Stunde lang kommt keine Reaktion aus der Hütte. Marie rechnet mittlerweile mit dem Schlimmsten. Ihre Hoffnung schwindet von Minute zu Minute und die *Geduld*, die sie mittlerweile zum Freund gewonnen hat, arbeitet mehr denn je *für* sie.

„Er wird es schaffen", sagt Lukas ruhig.

Marie schaut ihn zweifelnd an.

Da öffnet sich die Tür und Irene tritt mit besorgtem Blick an sie heran. „Der Doktor wird noch ein wenig bei ihm bleiben, bis er endlich schläft. Wir wissen nicht, ob das Medikament wirkt. Ihr könnt im Moment absolut nichts tun", flüstert sie.

„Ich will zu ihm", fleht Marie.

„Nein, heute besser nicht. Lukas, würdest du sie bitte nach Hause begleiten?"

„Nein, was hat er denn? Was ist mit Georg los?" wehrt sie ab, läuft an Irene vorbei und will sich in die Hütte drängen. Die alte Frau hält sie jedoch am Arm zurück.

„Es hat wirklich keinen Sinn. Bitte sei vernünftig!"

Marie sieht ihren ernsten Blick und das bedenkliche Flimmern in den Augen. Sie bekommt Angst. Tränen rollen über ihre Wangen, und sie glaubt fest, daß Georg sterben wird, denn anders kann sie sich Irenes plötzliches Benehmen nicht erklären.

Ihre größte Furcht, allein und grenzenlos von Einsamkeit zerfressen zu sein, rückt scheinbar näher, und der Mann, der dafür verantwortlich ist, will sich in diesem Augenblick leise aus dem Leben stehlen.

„Ich muß zu ihm! Bitte laß mich los!" Hysterisch zerrt sie an Irenes Arm, während die Kräfte der alten Frau allmählich nachlassen.

„Lukas, bitte hilf mir. Sie würde alles nur noch schlimmer machen! Georg braucht jetzt strikte Ruhe!"

Geschwind greift er nach Maries Hand und zieht sie mit einem kurzen Ruck an seine Seite.

Marie ist außer sich. „Was fällt euch allen ein? Wieso bestimmt ihr über mich und mein Leben?“

Haltlose Tränen strömen über ihr Gesicht, und ohne Aussicht auf Erfolg versucht sie, sich zu befreien, tritt dabei immerfort mit dem Fuß nach seinen Beinen. „Warum darf ich nicht zu meinem Mann?“ schreit sie weinend.

Lukas hält sie zähneknirschend fest und weicht fluchend ihren Tritten aus.

„Morgen kannst du Georg besuchen, aber jetzt müssen wir ihn wirklich schlafen lassen. Bitte sei vernünftig, Marie! Ich weiß, daß du Angst um ihn hast“, versucht Irene, sie weiter zu beruhigen und beteuert den Sinn ihrer eigenen abweisenden Art.

„Verstehst du, was ich damit sagen will? Niemand möchte dich von deinem Mann fernhalten, aber vielleicht würde er sterben, wenn du ihn jetzt noch mehr belastest!“

Abrupt hält Marie in ihrem Jähzorn inne und sieht die alte Frau entsetzt und mit großen, verquollenen Augen an. Ihr Handgelenk schmerzt und immer, wenn sie ihren Arm bewegen will, schließt sich Lukas’ eiserner Griff fester um sie.

„Ich bringe dich jetzt heim“, flüstert er bestimmend und zieht sie behutsam, aber ohne Einwände zu akzeptieren, mit sich den Weg hinunter.

„Nein,“ wehrt sie ein letztes Mal ab, während ihr Protest bereits schwindet. Irenes Argumente haben sie widerwillig überzeugt und lassen momentan ihre Worte verstummen. Sie beendet den spröden Widerstand und ergibt sich kraftlos.

Unterwegs laufen Marie und Lukas die ganze Zeit über schweigend nebeneinander her. Jeder hängt seinen eigenen Gedanken nach, ohne schlußendlich die ersehnte Klarheit über ihre verwirrten Gefühle zu verspüren. Die Sonne ist seit Stunden untergegangen, und die Dunkelheit verschluckt dankbar all den angestauten Kummer.

Am Wegesrand zirpen leise die Grillen, und das Laub der Bäume singt auf seltsame Weise ein beruhigendes Lied. Die

Nacht mit ihren bunten Facetten wirkt gespenstig, doch an Lukas' Seite fühlt sich Marie seltsam behütet. Noch immer hält er ihre Hand, jetzt aber ohne festen Griff und ohne ihr weh zu tun.

Die Sorgen verblassen ein wenig, und die frische Luft, die wohltuend um ihre Nase weht, befreit den Kopf von der schwermütigen Traurigkeit. Tief atmet Marie ein, und ihre Gedanken gehen unabwendbar hinüber zu Lukas.

Mit jedem Schritt spürt sie sein unnachgiebiges Gleichgewicht, ruhig und ohne jegliche Hast. Obwohl er sie vor wenigen Minuten noch derart grob behandelt hat, ist sie sich momentan seines Mitgefühls bewußt und fühlt sich geborgen.

Lukas hingegen bleibt innerlich leer und stumm. Er sehnt sich danach, endlich in sein Haus zurückzukehren. Die Hoffnung, eines Tages Maries Zuneigung gewinnen zu können, starb mit dem heutigen Tag. Er glaubt fest, daß sie sehnlichst ihren Mann zurückwünscht und entzieht sich auf diese Weise gänzlich seinen aussichtslos erscheinenden Gefühlen. So schnell wie möglich will er sich deshalb von ihr verabschieden.

Als sie vor Maries Hütte ankommen, steht er jedoch wie angewurzelt da, unfähig sich zu rühren. Ihr offener und reiner Blick verwehrt ihm jegliche Gegenwirkung. Verlockend sieht sie ihn an und wartet atemlos auf eine Reaktion.

Seine Sinne beginnen sich seltsam zu vernebeln, und ihre eindringlichen Augen nehmen ihn vollständig gefangen. Er driftet in eine Welt, die er nicht zu kennen vermag, wo es keinen eigenen Willen gibt und alle Denkweisen sorglos abschalten.

Wie von selbst beugt er sich vor und flüstert ihr sanft ins Ohr. „Was passiert hier?"

Sie kann seinen Atem in ihrem Nacken spüren und ist ebenso berauscht von seiner Nähe. Genußvoll schließt sie die Augen und schwelgt in diesem einmalig erotischen Augenblick. Zärtlich drückt er ihr einen Kuß auf den Hals. Sekunden werden zu Minuten, zu Stunden und zu Tagen; die Zeit scheint stillzustehen.

Zögerlich legt er seine Hände um ihre Taille und wartet.

Marie schmiegt sich indes leicht und schüchtern an ihn. Mit dem Zeigefinger hebt er ihr Kinn an, damit sie ihm direkt in die Augen sehen kann. Ihr Blick ist verschleiert, und beide versinken für eine halbe Ewigkeit ineinander.

Ein kurzes Zwinkern von Lukas' linkem Auge genügt, und Maries Verstand setzt jäh ein. Ihre Gesichter sind noch immer nah beieinander, und weil er ihre Unsicherheit bemerkt, nutzt er den Moment und handelt. Sanft berühren seine Lippen die ihren.

Zunächst ist er ganz vorsichtig, so, als habe er Angst, ihr weh zu tun. Dann wird sein Kuß leidenschaftlicher, und behutsam zieht er ihren Körper an sich, immer darauf bedacht, daß es ihr nicht widerstrebt. Er nimmt sich ein Stück zurück und schaut sie fragend an. Maries Widerstand ist jedoch längst gebrochen. Sie legt ihre Arme um seinen Hals und erwidert begehrend seinen Kuß.

Als sie sich später voneinander lösen, sagen sie kein Wort. Alles, was von Bedeutung ist, spüren sie in diesem Moment, und Lukas weiß, jeder weitere Schritt wäre zuviel. Sanft zieht er sich zurück, drückt ihr zum Abschied einen Kuß auf die Wange und verschwindet anstandslos.

Noch lange steht Marie mit vernebelten Gedanken vor der Tür, gelähmt von der Fülle an Gefühlen, die sie durchströmen, bis schlußendlich ihr Geist erwacht und sie in die Gegenwart zurückfindet.

Zum Greifen nah

Marie und Lukas erleben in Folge die schönsten Momente ihres Lebens. Das absolute Glück ist greifbar und läßt magisch allen Kummer hinter sich erlöschen.

Georg bleibt indes am Leben, aber sein Zustand ist weder dem Sterben noch dem Leben gleich. Er siecht dahin, Hoffnung gibt es zu diesem Zeitpunkt nicht. Tag für Tag verabschiedet sich

Marie mehr von ihm, fest im Glauben, das Schicksal hätte ihr den richtigen Weg gewiesen. Tiefe Trauer und Scham will sie nicht empfinden. Zum ersten Mal spürt sie das Verlangen, *allein* an sich selbst zu denken.

Aus freien Stücken und durch selbstlosen Antrieb geht sie deshalb zwei Tage nach der Begebenheit vor ihrer Haustür zu Lukas. Für ihn ist es unzweifelhaft, warum sie plötzlich vor ihm steht. Ohne nach einem Sinn zu fragen, gewährt er ihr Einlaß und küßt sie selbstredend auf den Mund.

Eng umschlungen liegen sie auf dem Bett und wollen augenblicklich nie mehr voneinander lassen. Das zunächst langsame Hervortasten an ihren bebenden Körpern wird stürmischer. Die Leidenschaft zwischen beiden erreicht nie erahnte Dimensionen, und ihre Leiber scheinen wie füreinander geschaffen; einer ergänzt den anderen. Ohne etwaige Gedanken an Konsequenzen geben sie sich ganz ihren Gefühlen hin.

Spät in der Nacht, Marie ist eingeschlafen, steht Lukas gedankenversunken am Fenster und sieht hinaus in die Dunkelheit. Nach ihrem intensiven Liebesakt kann er nicht zur Ruhe finden. Gefühle, die so groß sind, daß er überzeugt ist, unmöglich jemals vorher so empfunden zu haben, überwältigen ihn bis ins Knochenmark. Nie wieder in seinem Leben möchte er auf sie verzichten müssen.

Marie wacht auf und räkelt sich zufrieden. Verschlafen betrachtet sie den nackten Körper ihres Geliebten im Schein des Mondes.

„Worüber denkst du nach?“ fragt sie leise.

Überrascht dreht er sich um. „Du bist wach?“

Sie nickt und kneift verträumt die Augen zusammen.

„Was geht in deinem Kopf vor, Luke?“

Er überlegt kurz.

„Ich denke daran, wie es einmal sein könnte.“

Sehnsüchtig schaut er sie an.

„Komm wieder her“, sagt sie und streckt ihm liebevoll die Arme entgegen.

Sanft legt er sich zu ihr aufs Bett und küßt ihren Mund, die Nase und die Stirn.

„Es gibt keine andere Frau, oder?“ flüstert Marie.

Er schüttelt den Kopf und lächelt. „Natürlich nicht.“

„Warum hast du es mir nicht früher gesagt?“

„Weil ich mir bei dir nicht sicher war“, beginnt er. „Ich habe es als heilsam empfunden, daß die Leute glauben, ich wäre gebunden. In so einem Dorf und als alleinstehender Mann, du weißt doch, wie das ist. Wahrscheinlich hätten mir die Mütter scharenweise ihre Töchter ins Haus geschickt.“ Er lächelt. „Deshalb brauchte ich eine handfeste Rechtfertigung.“

„Warum dann eigentlich gerade ich? Vielleicht wäre eines der Mädchen auch nett gewesen“, fragt sie und knabbert verliebt an seinem Ohr.

„In deinen Augen spiegeln sich all die Träume und Sehnsüchte, die ich auch habe, und ich möchte sie dir so gern erfüllen, ... würde sie *uns* gern erfüllen. Ich würde uns ein Zuhause schaffen und ...“

Er unterbricht sich kurz, denn seine Gefühle drohen, ihn zu überwältigen.

„Du sollst endlich wieder lachen können, Marie“, fährt er stockend fort. „Es gibt für mich nichts Schöneres, als wenn du lachst.“

In diesem Moment schenkt sie ihm das strahlendste Lächeln, das er je von ihr gesehen hat und streichelt zärtlich über sein Gesicht. Alles, was sie sich im Leben wünscht, vereint sich nun gleichsam mit dem seinen.

Liebevoll formt sie die markanten Partien seines Mundes nach, küßt ihn und hält Lukas eng umschlungen bis zum Morgengrauen fest.

Alles verändert sich

Zehn glückliche Tage genießen sie gemeinsam ihren stillen Frieden. Das Feld hinter Maries Hütte ist mittlerweile vollends bestellt und wie von selbst haucht Lukas dem Grundstück neues Leben ein. Ringsum ist eine spürbar heimische Wärme entstanden und Marie fühlt sich seit langem wieder geborgen und zu Hause. Obwohl sie Tag für Tag hart arbeitet, macht es ihr Spaß zu sehen, wie sich alles verändert.

Auf dem Feld harkt sie die ersten kleinen Sprossen vom Unkraut frei, hat sich eine alte Schürze umgebunden und ihre langen Haare hängen ungestüm ins Gesicht. In die Arbeit vertieft, bemerkt sie nicht, daß Lukas den Weg hinaufgelaufen kommt. Er bleibt kurz hinter ihr stehen und grinst jungenhaft.

„Brauchst du vielleicht Hilfe?“

Sie fährt erschrocken herum und beginnt sogleich zu lachen. Verlegen ordnet Marie ihr zotteliges Haar, wischt sich die Hände an der Schürze ab und fällt ihm kurzweg um den Hals. „Du warst viel zu lange weg“, flüstert sie in sein Ohr.

„Oh ja, es müssen mindestens vier oder fünf Stunden gewesen sein“, erwidert er lachend und sieht sie verliebt an.

Plötzlich bewegt sich etwas zu seinen Füßen und bellt eifersüchtig. „Wie konnte ich dich vergessen“, sagt Lukas spielerisch und nimmt den kleinen Hund auf den Arm.

„Er hat schon einiges gelernt. Ich habe ihm gerade beigebracht, still zu sitzen“, sagt Marie stolz.

„Gut, das muß ein feiner Hund auch können“, spricht er mehr zu dem Tier als zu ihr und verzerrt dabei kindisch die Stimme.

„Und er heißt jetzt übrigens *Heinrich*“, erzählt Marie.

„Was ist das denn für ein Hundename?“ fragt er und lacht laut auf.

„So heißt mein Vater“, antwortet sie beleidigt.

Lukas nickt theatralisch mit erhobenen Augenbrauen und grinst. „Oh entschuldige, ... dann trägt er den Namen hoffentlich mit Würde.“

„Du nimmst mich nicht erst“, erwidert sie lachend und klopft ihm liebevoll auf die Brust.

„Doch, doch, das tue ich ... “, verteidigt er sich mit unschuldiger Miene.

Marie sieht ihn verliebt an und wird dann abrupt ernst.

„Was hast du?“ fragt er und spürt eine Veränderung.

Für einen Moment erwidert sie nichts, beißt die Zähne zusammen und betrachtet ihn still.

„Was ist los?“ fragt er erneut.

Mit zusammengepreßten Lippen würgt sie ihre Gedanken hervor. „Georg, ... es geht ihm besser. Er wird ... bald heimkommen.“

Lukas schluckt schwer, und sein Blick geht gen Himmel. „Woher weißt du das?“

„Irene, ... sie war kurz hier.“

Sein Griff um ihre Taille wird fester und sanft wiegt er sie hin und her. Lange stehen sie einfach so zusammengeballt am Feldesrand, ohne daß etwas geschieht. Keiner will den anderen loslassen und doch wissen beide, daß es an der Zeit ist, eine klare Entscheidung zu treffen.

„So soll es denn sein“, sagt er schließlich leise und mit rauher Stimme.

„Was meinst du damit?“ fragt sie ängstlich.

Er packt sie bei den Schultern und sieht ihr direkt in die Augen.

„Vor dem Gesetz gehörst du immer noch ihm. Wir wußten beide, daß dieser Moment kommen könnte, nicht wahr?“

Sie beginnt zu zittern. „Nein, Lukas, ich meine, ... ich gehöre doch jetzt zu dir“, sagt sie mit bebender Stimme.

„Wirst du ihn dann verlassen?“ fragt er offen und direkt.

Sie erschrickt. „Ich, ... ich weiß nicht, ... vielleicht, ...“

Er nickt.

„Aber, was bedeutet das?“ will sie angsterfüllt wissen.

Lukas holt tief Luft. „Er ist noch immer dein Mann, nicht wahr?“

„Nein! Luke! Du kannst jetzt nicht wieder gehen.“ Sie beginnt zu weinen.

„Dann entscheide dich bitte“, sagt er und schüttelt abwehrend den Kopf.

Ohnmächtig steht sie vor ihm und wehrt sich innerlich gegen eine vorzeitige Entscheidung. „Es ist noch zu früh“, sagt sie traurig und senkt ihren Blick, woraufhin er langsam und zögernd vor ihr zurückweicht.

„Ich brauche mehr Zeit, ... ich muß erst mit Georg reden.“

Er nickt schwerfällig. „Ich verstehe.“

Langsam dreht er sich um und geht. Seine Füße werden mit jedem Schritt bleierner, ohne daß er sich noch einmal zu ihr umsieht.

Jegliches Leben entweicht in diesem Moment aus Maries Körper. Sie läßt verzweifelt die Schultern hängen, schließt die Augen und sinkt machtlos auf die Knie.

Alles, was sie sich seit jeher wünschte, läuft in diesem Augenblick vor ihr davon, und sie läßt es anspruchslos geschehen. Ihre Bindung zu jenem Mann, der sukzessiv ihr Leben zerstört, ist noch immer zu stark. Sie kann zwar richtig und falsch unterscheiden, es aber zu diesem Zeitpunkt nicht umsetzen.

Es dauert viele Augenblicke, bevor sie aus ihrer Starre erwacht. Ein leichter Regen hat unterdessen eingesetzt und weicht Maries Gesicht bis auf die Knochen auf. Ihre Hände, die sie auf den Boden stützt, schmerzen. Langsam und schwerfällig richtet sie sich auf und geht zurück ins Haus.

Was sich vorher noch so wohlig anfühlte, schmeckt jetzt bitter und verbraucht. Die Stille erscheint ihr abstoßend. Jedes Knakken des Holzes, jedes Geräusch, das von draußen hereindringt, nimmt sie bewußt wahr und hofft auf ein Wunder. Ratlos und lebensüberdrüssig legt sie sich aufs Bett und schläft im Elend des unerträglichen Schmerzes erst spät in der Nacht ein.

Bereits früh am nächsten Morgen fährt eine Kutsche rasselnd den Weg hinauf. Irene bringt Georg in sein gewünschtes Zuhause.

Marie, die von den Geräuschen des Pferdegespannes aufwacht, läuft erstaunt zur Tür.

Fluchend steigt Georg vom Wagen. Er sieht noch immer krank und schwach aus. Seine zittrigen Beine werden von einem Stock gestützt, drohen aber jeden Moment nachzugeben.

„Ich wollte, ich hätte dich nicht wecken müssen, aber ich konnte ihn nicht mehr in meinem Haus halten“, verteidigt sich Irene mit einem Kopfschütteln. „Er ist noch lange nicht gesund. Wahrscheinlich wird er es auch nie wieder vollends.“

Abwertend sieht er die alte Dame an und winkt mit einer Hand ab, verliert dabei den Halt und stürzt zu Boden. Marie eilt zu Hilfe und will ihn stützen, er verweigert sich ihr jedoch. Mit aller Kraft, die er aufzubringen vermag, richtet er sich wieder auf.

Taktvoll wendet sich Marie an Irene. „Ich danke dir, daß du ihn hergebracht hast und überhaupt für alles.“

Irene nickt nachdenklich. „Paß auf ihn auf. Er hat immer noch Fieber.“ Sie reicht ihr ein Fläschchen mit Medizin. „Und gib ihm das morgens und abends.“

Marie hält Irenes Hand kurz fest. „Danke“, sagt sie, preßt die Lippen aufeinander und schluckt schwer.

Die alte Frau sieht den Kummer in ihren Augen und glaubt zu wissen, woher er rührt. Dennoch spricht sie in weiser Bedachtsamkeit ihre Vermutung nicht aus.

„Paß auch auf dich auf“, sagt sie statt dessen allgemein.

Marie nickt. „Ich stehe tief in deiner Schuld.“

„Oh nein! Wenn überhaupt jemand, dann er“, erwidert sie und zeigt unversöhnlich mit dem Zeigefinger auf Georg. „Und ich rate ihm, keinen Rückfall zu bekommen! So stur wie er ist, werde ich ihn nicht nochmal aus dem Dreck ziehen!“

Sie nimmt die Zügel des Pferdes, verabschiedet sich mit einer Handbewegung und fährt davon.

Georg sieht sich unterdessen prüfend um und muß mißmutig feststellen, wieviel sich positiv auf seinem Land verändert hat.

„Wer war denn dein Helfer?“ fragt er mit spöttischem Unterton. „Allein wirst du das ja wohl nicht auf die Beine gestellt haben?“ Er will jedoch die Antwort offensichtlich nicht hören und quält sich abwendend Schritt für Schritt zur Tür.

Ohne jemals wieder darüber zu sprechen, enden an dieser Stelle die Fragen über die Zeit zwischen seinem Zusammenbruch und jetzt. Georg verweigert sich dem strikt. Er glaubt, es würde seinen letzten Stolz brechen und ihn gänzlich als Versager dastehen lassen. Durch seine Krankheit war er bereits hinreichend geschwächt und könnte womöglich nie wieder so sein wie früher. Georg selbst hält sich für eine tragische Figur inmitten von Menschen, die ihn niemals verstehen werden.

Der Weg zur Wahrheit

Seit Tagen kehrt Lukas regelmäßig in Robertos Bar ein. Er trinkt und raucht stärker als je zuvor. Im Alkohol sucht er den Weg des Vergessens und will sich befreien von dem, was nicht aus seinem Kopf geht.

Selbstkasteiung, so weiß er, bedeutet das Ende der Qual, denn schon einmal hat er wegen einer Frau derart gelitten. Mit jedem Schluck vergräbt sich die traurige Erinnerung dankbar mehr.

Morgens, nach dem Aufwachen, zahlt er für die durchzechten Nächte einen hohen Preis. Tiefe Augenringe, hervorstehende Wangenknochen und eine vergilbte, blasse Haut sind deutliche Zeichen seines Lebenswandels.

“Tudo bem?” fragt Roberto besorgt und schenkt ihm mit skeptischem Blick ein weiteres Glas Whiskey ein.

Lukas schüttelt den Kopf und winkt kraftlos ab.

„Eine Frau oder ... “, sagt der Einheimische mehr zu sich selbst und versucht, ihn mit gebrochenem Deutsch irgendwie aufzuheitern. „Wir alle haben Probleme mit der Liebe. Das vergeht wieder.“

Lukas schweigt.

„Was ist passiert?“ fragt Roberto neugierig weiter.

Er reagiert nicht, schaut statt dessen benommen und starrsinnig in sein Glas.

Als Roberto sich abwendet, um zwei frische Gläser zu holen, besinnt Lukas sich und antwortet plötzlich leise. „Ich hab’ sie ziehen lassen.“

„Was?“

„Sie ist weg.“

Der Brasilianer saugt hörbar die Luft ein. „Sie sind wahrscheinlich ein echter Ehrenmann, ist aber nicht gut für die eigene Seele.“

Er wischt die Gläser mit einem Tuch sauber, während er weiterspricht. „Dann holen Sie sie zurück“, sagt er schlußfolgernd, als wäre es das einfachste der Welt.

Lukas nimmt einen weiteren kräftigen Schluck und schüttelt angewidert den Kopf. Seine Sinne sind bereits etwas vernebelt und die Zunge wird zunehmend lockerer. Ohne Scheu redet er deshalb unverfälscht weiter. „Sie gehört aber einem anderen, und ich müßte sie mit ihm teilen!“

„Nicht so laut“, flüstert Roberto schnell und legt achtsam einen Finger auf seine Lippen. „Hier weiß jeder sofort alles, und es ist besonders gefährlich, die Frau eines anderen Mannes zu lieben.“

Gleichgültig schaut Lukas ihn an. „Mir egal.“

Der Einheimische betrachtet den verzweifelten jungen Mann mitfühlend. „Hören Sie, niemand gehört jemand anderem. Das wissen Sie doch selbst. Wir alle sind frei, frei vor der Güte des Herrn ..."

Mit seinen eigenen Worten zufrieden, läßt der Brasilianer ihn an der Bar allein und widmet sich den nächsten Kunden. Lukas, der über sein eigenes Benehmen verärgert ist, beschließt, für heute die Bar zu verlassen.

Zur gleichen Zeit besucht Marie überraschend Irene. Weil ihre monatliche Regelblutung ausbleibt und sie sich mehrmals täglich übergeben muß, benötigt sie dringend den Rat der alten Dame.

Marie kennt natürlich jene Vorboten einer Schwangerschaft und ist abgrundtief entmutigt, ihr Leben könnte nun endgültig den Halt verlieren.

„Das ist schön", freut sich Irene und trinkt einen Schluck von dem Tee, den sie gerade frisch aufgesetzt hat. „Da werde ich sozusagen Großmutter!"

Marie wippt nervös im Schaukelstuhl und hat das Gefühl, die seelische Belastung nicht länger ertragen zu können.

Die alte Frau schwelgt derweil in ihrer eigenen Erinnerung. „Schwanger, ... das ist Gottes Werk, ... mir selbst war es auch einmal vergönnt", schwärmt sie. „Ich war damals erst 17 Jahre jung."

„Das wußte ich nicht", sagt Marie erstaunt und hält im Schaukeln inne. „Wo ist denn das Kind jetzt?"

Irene richtet sich ein wenig auf und hebt unbeugsam das Kinn. „Es war ein Mädchen und wurde mir weggenommen. Meine Eltern sagten, ich sei zu jung, um ein Kind aufzuziehen, und zur damaligen Zeit war es eine Schande, so früh schwanger zu werden."

Ohne ihren Schmerz nach außen zu tragen, starrt sie abwesend ins Leere.

„Das tut mir sehr leid."

„Ach was, es ist ja schon lange her“, winkt sie ab. „Reden wir lieber von deinem Kind. Was hat überhaupt Georg dazu gesagt?“

Marie zuckt zusammen.

Die Frage trifft sie mit solch einer endlosen Nüchternheit, daß ihr für einen Moment die Worte fehlen. ‚Wie weit ist ein Mensch imstande zu gehen, und was kann er letztendlich ertragen‘, geht es ihr durch den Kopf. Bevor sie Irenes Haus betrat, hat sie beharrlich versucht, dies zu beantworten, und in jenem Augenblick liegt es klar vor ihren Augen. ‚Der Bogen muß offen und sichtbar gespannt werden, damit der Pfeil ins Ziel trifft. Folglich wird nur die Wahrheit mir aufrechten Trost spenden.‘

„Georg weiß es nicht“, antwortet Marie deshalb ehrlich und holt gleichzeitig tief Luft.

Die alte Dame zeigt sich nicht sonderlich überrascht und scheint bereits eine dramatische Wendung zu erahnen. „Wann willst du es ihm denn sagen?“

„Niemals“, erwidert sie leise.

Nickend betrachtet Irene sie und spürt Maries starken, inneren Willen. ‚Sie ist nicht mehr das naive, unwissende Ding, welches an jenem Tag nach Brasilien kam‘, denkt sie. ‚Das rauhe Land hat die junge Frau verändert und eine feinfühlige Kämpferin aus ihr gemacht.‘

Als sie Georg vor einer Woche zurück in sein Haus brachte, bemerkte Irene es das erste Mal. Marie wirkte wesentlich selbstbewußter als sonst.

„Seit wann bist du eigentlich schwanger?“ fragt sie beiläufig.

„Im zweiten Monat“, antwortet Marie.

Irene nickt scheinbar gleichgültig, wohlwissend, was das bedeutet. Georg kann unmöglich der Vater des Kindes sein, da er während der Zeugung sterbenskrank in ihrer Obhut stand.

„Wer ist es?“ fragt sie deshalb offen heraus.

Marie senkt den Blick und wünscht sich sehnlichst, ihrer Angst endlich zu entkommen. Sie weiß, daß die heilende Kraft im Lossagen verborgen liegt, kann es jedoch zu diesem Zeitpunkt noch nicht umsetzen und schüttelt verbissen ihren Kopf.

„Warum?" bleibt Irene hartnäckig, und ein stummes Signal der Verachtung geht durch den Raum. „Warum möchtest du nicht darüber reden?"

Die Wände scheinen blitzartig näherzurücken und die Luft wird unerträglich schwül. Marie fühlt sich in ihrer Haut eingeengt, gleich einem Panzer, der sich immer enger um ihren Leib schnürt. ‚Jene Momente machen das Leben zur Verdammnis', denkt sie und flüchtet verzweifelt ins offene Messer.

„Ich habe noch nie so empfunden wie bei ihm", beginnt sie leise zu erzählen. „Er bedeutet einfach alles für mich."

Irene schweigt.

„Und ich bereue auch keinen Moment", sagt sie weiter und befreiend rollen Tränen über ihre Wangen. „Ich habe mir, seitdem ich hier angekommen bin, ein Zuhause wie in Hartha bei meinen Eltern gewünscht. Mit *ihm* hätte ich diesen Traum leben können, mit allen Konsequenzen, verstehst du?"

Irene erhebt sich und läuft einmal quer durch den Raum. „Lukas, nicht wahr?"

Marie beißt die Zähne zusammen und sieht sie ängstlich an.

Die Gefühle von Irene schwanken indes zwischen Mitgefühl und Verachtung. Einerseits widerspricht es ihrem Glauben, den eigenen Ehemann zu betrügen, und andererseits kann sie sich der ehrlichen Demut Maries nicht entziehen. Es wird Zeit brauchen, um all die Widersprüche vernünftig zu ordnen.

„Aber Georg ist dein Ehemann!"

„Ja, und er mißachtet mich", entgegnet Marie.

„Aber das ist Ehebruch!"

„Ich weiß, und was soll ich jetzt tun, Irene?"

Ihre verzweifelte Frage läßt die alte Frau verstummen. Den Rest des Abends verbringen die beiden Frauen in nachdenklichem Schweigen.

Erst am Morgen darauf finden sie ins reale Leben zurück. Marie hat die ganze Nacht über bewegungslos im Schaukelstuhl verbracht, und Irene döste teils draußen vor dem Haus auf der Bank oder drinnen in ihrem Bett still vor sich hin. Als sie im Morgengrauen an Maries Seite tritt, ist es ihr wohler im Gemüt. All die vielen Überlegungen haben zu einer einzigen für sie richtigen Konsequenz geführt.

„Du mußt eine Entscheidung treffen", sagt Irene ruhig.

Marie nickt traurig. „Ich kann aber Luke nicht aufgeben!" Wie von selbst geht sein Name plötzlich über ihre Lippen, so daß sie erstaunt eine Hand vor den Mund hält.

„Ich kann dich verstehen, sehr gut sogar. Er ist ein ehrenvoller Mann, ohne böse Hintergedanken, aber du kannst nicht mit beiden Männern leben", erklärt sie.

„Ja, aber ich muß zunächst einmal zurück zu Georg", sagt Marie und steht auf.

„Warum nur?"

„Weil er mein Ehemann ist."

„Gut, dann wird er glauben, es ist sein Kind."

„Nein! Wieso?" fragt Marie verwirrt.

„Weil du dich für ihn entscheidest."

„Nein, das tue ich nicht!"

„Dann verlasse Georg", entgegnet Irene bestimmend, kommt geradewegs auf sie zu und bleibt herausfordernd vor ihr stehen.

In Maries Kopf dreht sich alles. „Das geht nicht."

„Warum um alles in der Welt?" Energisch beugt sich die alte Frau vor und schaut ihr direkt in die Augen.

„Ich bin ihm verpflichtet."

„Das ist Unsinn, und du weißt es! Auch eine Ehe kann heutzutage scheitern und gelöst werden!"

„Nein", klagt Marie.

„Dann sag mir warum, wenn du diesen Mann nicht liebst?"

„Darum kannst du mich nicht bitten ...", fleht sie verzweifelt. „Niemand sollte das jemals erfahren!"

Irene weicht zurück und nickt schwerfällig. „Dann wird es auch nie beendet sein. Wenn dir etwas auf der Seele lastet, solltest du darüber sprechen."

Schweigend stehen sie sich für einen Moment gegenüber.

„Das verstehst du nicht," sagt Marie übergangslos und mehr zu sich selbst.

„Besser als du vielleicht glauben magst, denn ich war auch einmal jung", erklärt Irene, und ihre Stimme wird etwas leiser und gequälter. „Ich habe die Liebe meines Lebens ziehen lassen und bin nie wieder glücklich geworden."

Für einen Augenblick zieht sie sich still zurück und schluckt schwer. „Oder warum glaubst du, daß ich heute hier am anderen Ende der Welt lebe? Ich konnte mein Leben in Deutschland einfach nicht mehr ertragen, immer dieselben Menschen, ewige Vorwürfe und trostlose Erinnerungen ..."

Marie erschrickt. Die alte Dame, die sonst so erfahren und unanfechtbar wirkt, selbst dann, wenn es um ihr verlorenes Kind geht, steht augenblicklich am Ende des Raumes und hat Tränen in den Augen.

Nervös beginnt Marie mit ihrer losen Haarsträhne zu spielen und überlegt. ‚Ist es sinnvoll zu schweigen oder besser, das Geheimnis zu lüften? Bleibe ich bei Georg, werde ich die Hölle erleben. Verlasse ich ihn, begebe ich mich hinein in das Labyrinth der Einsamkeit. Oder würde Lukas mich vor all dem bewahren können?' Hoffnungsvoll klammert sie sich an jenen letzten Gedanken, sieht in Irenes traurig glasige Augen und fängt beherzt an zu erzählen.

„Georg, ... er hat mir damals geholfen."

„Wobei?"

„Als er mich heiratete, ... wir wären sonst verloren gewesen", stottert Marie.

„Aber du warst doch schwanger von ihm?"

„Nein, so erzählten wir es nur den Leuten im Dorf, aber, ich erwartete kein Kind. Es war eine Abmachung zwischen uns, eine klar abgewogene Rechnung.“

Marie schämt sich dieser Worte und ist gleichzeitig froh, sie endlich loszuwerden.

„Wir, ich meine, unser Hof, meine Eltern, wir hatten alles verloren, kein Geld, und der Winter war einer der härtesten. Meine Mutter, sie bekam noch eine schwere Tuberkulose und wäre beinahe gestorben ...“

„Aber, was hat das alles mit Georg zu tun? Ich schätze, er wird kaum so gutmütig gewesen sein, uneigennützig zu helfen“, fragt Irene mit bitterem Unterton.

„Nein, in Wahrheit enterbte ihn seine Familie schon vor dem Krieg. Er war einfach zu gierig und machte immer abenteuerlichere Geschäfte.“

Schuldbewußt läßt sie den Kopf hängen.

„Mit unserer Heirat bekam er einen ehrbaren Hof und konnte, dank seiner ungestümen Kraft, unser zerfallenes Zuhause wieder aufbauen. Ich rettete ihm gewissermaßen seine Ehre, und er uns das Leben.“

Irene, die die ganze Zeit auf und ab gelaufen war, bleibt mitten im Raum regungslos stehen und erkennt die verhängnisvolle Fügung. Sie hat Marie versehentlich unterschätzt. Ihr erhoffter weiser Ratschlag erlischt in diesem Moment und erblindet vor der unüberwindlichen Situation. Machtlos schließt sie ihre tränenreichen Augen.

„Deshalb muß ich jetzt zu Georg zurück“, beendet Marie leise, geht langsam zur Tür und läßt die alte Frau in ihrer Traurigkeit allein.

Die Entscheidung

Georg kocht vor Wut, weil Marie letzte Nacht nicht nach Hause gekommen ist. Er glaubt fest, daß sie einen Geliebten hat und bittere Eifersucht erblüht in ihm.

Fluchend steht er am Herd, will heißes Wasser in eine Tasse schütten und vergießt dabei die Hälfte des Inhaltes. Wutentbrannt schmettert er die Tasse gegen die Wand, wobei der kleine Heinrich erschrickt und bellend hinter den Schrank kriecht.

Als Marie die Hütte betritt, merkt sie sofort die angespannte Situation.

„Wo warst du?“ fragt er gleich, und sein Blick verrät böse Hintergedanken.

„Bei Irene“, erwidert sie und verschwindet hinter dem Vorhang zum Bett.

„Das ist eine Lüge“, schreit er und folgt ihr wütend.

Marie setzt sich argwöhnisch auf die Laken des Bettes und hockt die Füße schützend vor ihren Körper.

„Was bitte machst du die ganze Nacht bei diesem alten, neugierigen Weib?“

Skeptisch betrachtet sie ihn aus dem Augenwinkel und sucht nach einer harmlosen Antwort. „Sie hat mir von ihrer Zeit in Deutschland erzählt, und dann war es plötzlich so spät, daß ich bei ihr geblieben bin.“

Georg zieht eilig sein Hemd aus und legt sich zu ihr aufs Bett. „Ich glaube dir kein Wort“, sagt er und schaut sie provozierend an.

Marie fürchtet sein eigentümliches Benehmen und versucht ihn angestrengt zu ignorieren.

Wie vom Teufel geritten, packt er sie jedoch rücklings bei den Schultern und zieht sie zu sich auf den Schoß. Als sein Gesicht ganz nah an dem ihren ist, fröstelt es sie eiskalt und läßt sie Ekel vor seiner Nähe empfinden. Georgs schwerer Atem, die spröden Lippen und sein ganzer Körpergeruch sind ihr tiefst zuwider.

Zögerlich will Marie sich befreien, doch sein Griff wird fester und ein leichtes Lächeln, das sie nicht zu deuten vermag, umspielt seinen Mund. Liebend gern würde er sie jetzt küssen, erkennt jedoch die Angst in ihren Augen und weicht zurück.

Gleichwohl der großen Wut, die er empfindet und seiner äußerlich schroffen Art, wäre er nicht imstande, ihr weh zu tun. Seit jeher fehlt ihm jener Wille zum Bösen.

Für einen Moment verharren sie in derselben Stellung, ohne daß etwas geschieht.

„Du hast dich verändert", flüstert er dann unerwartet zärtlich in ihr Ohr.

Marie kann seinen Atem an ihrem Hals spüren und automatisch stellen sich ihre Nackenhaare senkrecht auf.

„Ich weiß nicht, was du meinst?" fragt sie vorsichtig.

„Du weißt es nicht", mahnt er und verliert allmählich die Nerven. „Ich koche mir mein Essen selbst und bin den ganzen Tag allein, und du willst behaupten, daß du es nicht weißt?"

„Nein", antwortet sie leise.

Aufgebracht schüttelt er sie an den Schultern und beginnt lärmend auf sie einzureden. „Warum machst du alles kaputt?"

Sein Griff wird unversehens hart wie Stahl und panisch erinnert sich Marie an ihr ungeborenes Kind. ‚Ich muß mich und meinen Körper schützen', denkt sie angsterfüllt und reagiert zwangsläufig schnell und intuitiv für das Wohl des Kindes.

„Wir bekommen ein Baby", sagt sie hastig.

Als hätte Georg sich verbrannt, zuckt er ruckartig zurück und läßt sie los.

„Was?"

„Ein Baby! Das haben wir uns doch immer gewünscht", erklärt sie und sieht ihn mit großen Augen hoffnungsvoll an.

„Schon wieder?" Fassungslos springt er hoch und läuft in der Nische auf und ab.

„Aber freust du dich denn nicht?" fragt sie vorsichtig.

„Woher soll ich wissen, daß es überhaupt von mir ist? Ich war schließlich lange nicht zu Hause. Jeder in diesem Ort könnte der Vater sein“, entgegnet er abwertend und läßt jene Worte lähmend auf sie niederprasseln.

„Und außerdem will ich kein Kind“, endet er, ohne einen Widerspruch zuzulassen.

In diesem unbedachten Moment hat er ihr die Entscheidung abgenommen. Kalte Gleichgültigkeit durchdringt sie und läßt das dünne Band zwischen ihnen endgültig zerreißen. Georg, kaltherzig und selbstquälerisch, wie er vor ihr steht, wollte seit jeher bestimmen, wohin ihr gemeinsamer Weg führt und hat jämmerlich versagt.

Er, der jahrelang an ihrer Seite stand, kommt einem unbeholfenen Kind gleich, dem sie nur noch Mitleid entgegenbringt. Die ganze Zeit über war *sie* seine Stütze.

Der Wunsch nach einem Fels im Sturme, den sich jede Frau erhofft, ist mit ihm gescheitert. Die zweckgebundene Gemeinschaft war ein Fehler. Georg wird ihr niemals bieten können, was Lukas ohne Absicht bereits hat geschehen lassen. Von nun an möchte Marie selbst darüber verfügen, was, wann und wo ihr im Leben widerfährt.

„Ich bin bereits im dritten Monat schwanger. Wie soll das Kind von einem anderen Mann sein“, lügt sie deshalb mit klarem Verstand und will Zeit gewinnen, *Zeit*, um zu überlegen, wann und wie sie ihn für immer verläßt.

Wütend über das einleuchtende Argument, fällt ihm nichts besseres ein, als erneut auf sie einzuklagen. „Dann weißt du das also schon länger? Warum bin ich immer der Letzte, der so etwas erfährt? Es ist genau dasselbe wie damals, als du im Wald die Fehlgeburt hattest!“

„Du warst krank“, verteidigt sie sich getroffen und kämpft gegen das Gefühl, ihm ins Gesicht zu spucken.

Georg starrt widerstrebend geradeaus. „Ein Kind“, säuselt er abfällig und tritt gegen einen Stuhl. „Ich weiß gar nicht, wie wir es ernähren sollen. Und überhaupt, vielleicht verschwinden wir auch wieder aus diesem verdammten Land!“

Marie erschaudert. „Willst du etwa sagen, daß wir fortgehen?“

„Vielleicht.“

„Immer, wenn es schwierig wird, einfach davonlaufen?“ fragt sie vorwurfsvoll.

„Davonlaufen“, brüllt er wütend, kniet sich aufs Bett und droht ihr mit dem Zeigefinger. „Ich habe mich mehr Dingen im Leben gestellt, als mir lieb ist, und das weißt du genau! Mein ganzes Leben ist verpfuscht! Diese Heirat, sie hätte nie stattfinden dürfen!“

Leblos schaut sie in seine Augen und sitzt starr auf dem Bett. „Ich werde dir nicht noch einmal folgen“, sagt sie langsam und bedächtig, ohne auf seine Schimpferei einzugehen. „Es gefällt mir hier!“

„Was? Auf einmal? Verflucht seist du und dieses Land. Es scheint dir völlig den Verstand geraubt zu haben!“ Mit gequälter Miene hebt er wiederum drohend den Zeigefinger und weiß bereits um seine bittere Ausweglosigkeit.

„Du selbst hast mir gesagt, daß wir kein mehr Geld haben. Wie willst du also nach Deutschland zurückkehren?“ fragt sie, ihn endgültig in die Enge treibend.

Erschlagen winkt er ab und dreht sich von ihr fort.

Marie indes wundert sich über ihre eigenen, klaren Worte. ‚Es gefällt mir hier‘, hat sie gesagt und schwärmt plötzlich auf geheime Weise für dieses vergessene Land. Der Gedanke, erneut fortzugehen, versetzt sie in furchtsame Unruhe.

Hier hat sie reine Liebe gefunden, und *hier* ist ihr Kind gezeugt worden. Eines Tages soll es an diesem Ort sein Zuhause finden.

Liebevoll denkt sie an die zärtlichen Stunden mit Lukas und kann sich nicht erinnern, in Deutschland jemals so glücklich gewesen zu sein.

‚Am Ende meiner Tage, so Gott will, werde ich Georg dafür danken, daß er mich widerwillig nach Brasilien kommen lassen hat.‘

Zurück zur Liebe

An den folgenden Tagen leben Marie und Georg im Angesicht des Unbehagens. Sie gehen sich absichtlich aus dem Weg, weil es nichts mehr gibt, womit sie sich gemeinsam auseinandersetzen wollen, nicht einmal bei den täglichen Pflichten.

Marie wartet inständig auf einen geeigneten Moment, Lukas ihre Entscheidung anzuvertrauen und schnellstens aus ihrem alten Leben zu verschwinden. Obwohl sie keinerlei Reue empfindet, ist es ihr wichtig, mit Georg im Frieden auseinanderzugehen.

Er jedoch ruht sich im selbstauferlegten Leiden seiner Krankheit aus und setzt kaum einen unnötigen Schritt vor die Tür, es sei denn, zu seinem eigenen Zweck. Die Pflanzen auf dem Feld läßt er verwahrlosen, im eifersüchtigen Wissen, daß sie nicht seinem persönlichen Werk entspringen.

In der „Vende“ bei Roberto hofft Marie auf Beistand, denn ihre Vorräte gehen endgültig zur Neige. Die letzten Mahlzeiten bestanden lediglich aus einer unnahrhaft mehligen Suppe, und in der ewigen Angst, ihre Schwangerschaft könnte erneut einem Risiko ausgesetzt sein, versucht sie demütig, um Hilfe zu bitten.

„Bom dia, Roberto”, grüßt sie freundlich.

„Bom dia, menina Marie, tudo bem?”

Ihre Portugiesischkenntnisse sind noch immer mäßig, weshalb sie mit einer hilflosen Handbewegung Roberto unsicher anlächelt. Vor einem Sack Maniok bleibt sie stehen, greift mit den Händen danach und zieht sie sogleich wieder zurück.

„Nehmen Sie vier Wurzeln“, sagt Roberto, der sie beobachtet.

„Aber, ich kann nicht bezahlen.“

„In Ordnung“, erwidert er.

Marie schüttelt heftig den Kopf. Ihr ist es unangenehm, daß er den Maniok offensichtlich verschenken will. „Wenn ich Geld habe, bezahle ich es sofort“, sagt sie ernst.

Roberto nickt. „Wenn Ihre erste Ernte fertig, nicht schlimm, jeder hat am Anfang Schwierigkeiten.“

Ergeben blickt sie zu Boden. „Danke.“

„Wie geht es eigentlich dem Kind?“ wechselt er unerwartet das Thema.

Marie erschaudert. Im Blick des Brasilianers versucht sie zu deuten, wie er die Frage gemeint haben könnte. ‚Georg muß es ausgeplaudert haben‘, geht es ihr durch den Kopf. ‚Wahrscheinlich will er mich damit demütigen.’

„Ganz Schroeder spricht davon“, freut sich Roberto und unterbricht ihre Gedanken.

„Ich wußte das nicht“, sagt Marie verwirrt, während sich ihr Gesicht verlegen rötet.

Er lacht. „Haben Sie geglaubt, Sie könnten es verheimlichen?“

Heftig schüttelt sie den Kopf.

„Sicher ist das alles nicht leicht für Sie“, fährt er neugierig fort.

„Wie meinen Sie das?“

„Ja, wo Ihr Mann doch so krank war?“

Erleichtert, daß er von ihrem Doppelleben nichts zu ahnen scheint, atmet Marie hörbar aus und nickt ihm bestätigend zu.

„Herr Berthold, er heißt, äh, ..., ich glaube Lukas, ..., er soll Ihnen ein bißchen geholfen haben, während der schweren Zeit, nicht wahr?“ bohrt Roberto unterdessen weiter und treibt das Gespräch erneut in eine verwirrende Enge.

Marie zuckt zusammen und sieht ihn zweifelnd an. Weiß er mehr, als sie glaubt? Am liebsten würde sie sofort den Maniok in den Korb packen und verschwinden.

Statt dessen erinnert sie sich an ihre neuerlangte, innere Stärke. Sie ist es endgültig leid, Angst zu haben oder ihrer Furcht ausweichen zu müssen. Ohne die Situation zu verdrehen, startet sie deshalb eine klare Offensive, strafft ein wenig die Schultern und nutzt jenen Augenblick mit einer ernst gemeinten Frage.

„Wie geht es ihm eigentlich, Lukas, meine ich, habe ihn lange nicht gesehen?"

Roberto, der nichts Unrechtes vermutet, antwortet unverhohlen. „Ach ja, der Herr Berthold, gar nicht gut. Er kommt oft hierher, jeden Abend und trinkt viel zuviel. Ich habe es ihm schon gesagt, aber es nützt nichts ..."

Anteilnehmend nach außen und aufgewühlt nach innen, nickt sie beflissen.

„Es geht wohl um eine Frau bei ihm", fährt er fort und ist sich keineswegs bewußt, welche Unruhe seine Worte bei Marie bewirken. Schlagartig beginnt ihr Herz zu pochen, und plötzlich erwacht das unendliche Verlangen, Lukas wiederzusehen und zu trösten. ‚Der Zeitpunkt ist gekommen', denkt sie unwillkürlich, verabschiedet sich eilig und verschwindet überstürzt aus dem Laden.

Roberto, der noch etwas sagen wollte, bleibt nachdenklich zurück.

In kopfloser Hast läuft Marie den Weg entlang zu Lukas' Haus. Wie von selbst getragen, bewegen sich ihre Beine, ihr Atem geht schnell und laut. Als sie ankommt, sieht sie ihn schon von weitem und bleibt aufgewühlt in sichtbarer Entfernung stehen.

Lukas indes geht versonnen seiner Arbeit nach und bemerkt sie zunächst nicht. Er repariert ein Rad an seiner Pferdekutsche und zieht gleichmäßig die Schrauben an. Das Hemd, das er trägt, ist vom Arbeiten in der unerträglichen Hitze aufgeweicht und zerschlissen. Die Haut an den Händen sieht ungepflegt, blaß und vernarbt aus. Sein gesamtes äußeres Erscheinungsbild wirkt angespannt und überreizt. Leise flucht er gelegentlich vor sich und scheint unzufrieden mit sich und seinem Tagwerk.

Marie, deren Finger nervös mit dem Griff des Korbes spielen, wagt es nicht, ihn anzusprechen. Der Vater ihres Kindes, dem sie soviel Liebe entgegenbringt, steht nur wenige Meter entfernt, doch ihre Beine bleiben fest am Boden verwurzelt. Seit über einer Woche haben sie sich nicht gesehen, und ihr erscheint es wie eine Ewigkeit. So gern würde sie einfach zu ihm hinlaufen, in seine Arme fallen und die Traurigkeit aus seiner Seele küssen. Statt dessen bleibt sie schweigend stehen.

„Was willst du?“ fragt er plötzlich, ohne sie dabei anzusehen.

Marie, der nicht aufgefallen war, daß er sie bemerkt hat, stammelt unbeholfen ein paar Worte vor sich hin. „Ich, ich wollte sehen, wie es dir geht.“

„Gut, wie du erkennen kannst.“ Mit einer Zange in der Hand läuft er mißmutig um die Kutsche und widmet sich der kaputten Hinterachse.

„Du siehst aber müde aus“, sagt sie leise.

„Du auch“, gibt Lukas zurück und hantiert weiter unter dem Wagen. „Habt ihr auf dem Feld noch etwas gepflanzt?“ wechselt er das Thema, um von sich abzulenken.

Marie schüttelt betreten den Kopf. „Nein, Georg ist noch nicht ganz gesund, aber, wir, wir bräuchten ein Pferd für den Pflug.“

Lukas richtet sich auf und sieht sie ernüchtert an. ‚Deshalb ist sie also hergekommen‘, denkt er und läßt frustriert die Zange zu Boden fallen. „Wie geht es überhaupt Heinrich?“ fragt er und wechselt erneut grundlos das Thema.

Marie stutzt und versucht seinen geistigen Sprüngen zu folgen. „Er, er frißt uns alles weg und ist schon groß geworden. Du würdest ihn nicht wiedererkennen. Er hört jetzt auch auf seinen Namen.“

Verkrampft lächelt sie und ist sorgfältig bemüht, die Situation etwas aufzulockern.

„Ihr könnt meines haben“, erwidert er plötzlich.

„Was?“

„Mein Pferd, deshalb bist du doch hierher gekommen?“

„Nein!“

Sie geht versöhnlich einen Schritt auf ihn zu und erstarrt. In seinem Gesicht spiegeln sich tiefe Sorgenfalten, und das allgegenwärtige Leuchten in seinen Augen ist schlichtweg erloschen. Für einen Moment sieht sie ihn regungslos an.

„Was ist jetzt wegen dem Pferd?“ fragt er ungeduldig.

„Aber, du brauchst es sicherlich selbst“, stottert sie.

„Ja, das stimmt, jedoch tagsüber arbeite ich in der Stadt, da könnt ihr es haben.“

„Du arbeitest?“ fragt sie erstaunt.

„Ich helfe in der Schmiede.“

Sie nickt nachdenklich. „Gut, ich werde es Georg sagen.“

Eine Weile stehen sie einander schweigend gegenüber, bis sich Lukas wieder seiner Arbeit widmet und in regelmäßigen Abständen flucht.

Ihr Gespräch erschien derart belanglos, daß Marie vor sich selbst bittere Abscheu empfindet. Sie steht vor den Trümmern ihrer Liebe und hat unwiderruflich den Weg hinaus verloren. Da Lukas keinerlei Mühe zeigt, noch etwas hinzuzufügen, verliert sie endgültig den Mut, verabschiedet sich unbeholfen und hastet den Weg hinunter.

Lukas registriert es und verwünscht gleichzeitig sein rücksichtsloses Benehmen.

‚Wenn ich sie jetzt ziehen lasse, habe ich sie für immer verloren!‘ Wie ein Pfeil geht dieser Gedanke durch sein Herz, und schlagartig richtet er sich auf. Seine Beine beginnen, sich automatisch zu bewegen, Schritt für Schritt. Er *läuft*, *rennt, flieht, jagt, hastet* hinter ihr her, weil nur die Eile seine panische Not lindern kann.

„Marie“, ruft er völlig außer Atem und holt sie ein.

Sie bleibt stehen.

„Warum bist du wirklich hierher gekommen?“ fragt er verzweifelt.

Dicke Tränen in den Augen lassen ihr Bild verschwimmen, und es vergeht ein Moment, bis sie sich fassen kann.

Seine Frage, die für sie wie ein Vorwurf klang, versucht sie stotternd zu beantworten. „Ich ..., ich wollte nur mit dir reden, dir etwas sagen und ...“ Sie schluckt den Kloß im Hals hinunter und schüttelt unglücklich den Kopf.

Lukas sieht sie entgeistert an und schließt dann hilflos die Augen. In Gedanken ballt er die Fäuste und wünscht sich selbst gnadenlos zum Teufel.

Als er seine Augen wieder öffnet und zurück zur Gegenwart findet, überwältigt ihn das zügellose Verlangen nach ihr und die unerreichte Sehnsucht der vergangenen Tage. Behutsam beugt er sich vor und küßt sie zärtlich, ohne ein weiteres Wort.

Vorsichtig und sanft tasten seine Lippen über ihr Gesicht und trocknen die Tränen, die salzig ihre Augen verkleben. Marie entkrampft sich schrittweise und reagiert zögerlich auf seinen Kuß.

Lukas’ Berührungen werden leidenschaftlicher und seine Hände wandern sogleich liebevoll über ihren Körper bis hin zum Po.

„Ich halte das nicht mehr aus“, flüstert er und beißt hungrig in ihr Ohr.

Marie schlingt die Arme um seinen Hals und zieht ihn fester an sich. Wieder küssen sie einander stürmisch. Lukas’ Finger ertasten ihren gesamten Körper und würden sie nicht derart öffentlich vor seinem Haus stehen, könnte er ihr die Kleider vom Leib reißen und sich auf der Stelle mit ihr vereinen.

Marie beginnt kindisch zu lachen, weil seine Hände immer wieder empfindliche Stellen ihres Körpers berühren. Hemmungslos nehmen sie all die entbehrten Zärtlichkeiten in sich auf und verlieren endlos das Zeitgefühl. Währenddessen kommt unbemerkt ein fremder Mann den Weg zum Haus hinauf.

„Ich störe nur ungern, aber ...“

Wie vom Blitz getroffen, fahren Lukas und Marie auseinander. Instinktiv stellt er sich schützend vor sie.

„Was ist? Du siehst aus, als hättest du Luzifer persönlich gesehen? Ich wußte ja nicht, daß du eine Frau hast“, fragt der Fremde unverblümt.

„Ich habe auch nicht, ... ich meine ..., es ist noch ganz frisch ...“, stottert Lukas unbeholfen.

„Das habe ich gesehen, aber willst du uns nicht bekannt machen?“ fragt der Mann ermutigend und lächelt.

„Oh, ... ja, entschuldige, ... das ist, Marie und das, das ist Arnold, ihm gehört die Schmiede, in der ich arbeite.“ Er lacht verlegen.

Arnold nimmt seinen Hut ab und reicht ihr feierlich die Hand. Marie erwidert zögerlich seinen Gruß und versteckt sich sogleich wieder hinter Lukas.

„Eigentlich wollte ich dir nur wie versprochen für dein kaputtes Rad diesen Eisenring bringen“, sagt Arnold. „Ich hoffe, du kannst ihn noch gebrauchen?“

„Stimmt, das hatte ich ganz vergessen.“

„Kann ich mir gut vorstellen“, grinst der ältere Mann vielsagend. „Aber ich muß auch sofort weiter. Es war mir ein Vergnügen, junge Frau.“

Lächelnd verbeugt er sich theatralisch, setzt seinen Hut wieder auf und verschwindet, so schnell wie er gekommen war.

Marie atmet tief aus.

Lukas sieht hinauf zum Himmel und fährt sich nervös durch die Haare.

„Georg wird mich umbringen“, sagt sie fassungslos und bemerkt nicht, welchen Unsinn sie redet. Ihre Entscheidung für Lukas war endgültig gefallen, dank der alten Gewohnheiten jedoch verwickelt sie sich abermals in Widersprüche.

„Nein, er wird es nicht erfahren“, beteuert Lukas daraufhin gereizt.

„In diesem Ort erfährt jeder sofort alles“, entgegnet sie verbissen.

„Ich werde Arnold noch heute Bescheid sagen, daß er schweigen soll. Wir können ihm vertrauen, bitte Marie, mach' nicht alles komplizierter, als es ist." Beruhigend versucht er eine Hand auf ihre Schulter zu legen, obgleich sie ihn sofort abwehrt.

„Kompliziert? Von wegen", reagiert sie trotzig.

Lukas ärgert sich über ihre Art. „Was willst du eigentlich? Ich verstehe dich nicht? Du kommst hierher und ...? Was soll das? Du mußt mir endlich vertrauen und uns eine Chance geben, bitte ...", fleht er.

Verunsichert wendet sie sich jedoch von ihm ab.

„Ich kann das nicht schon wieder ertragen", sagt er verzweifelt, und seine Stimme droht ihm zu versagen. „Hörst du Marie, *nicht schon wieder!*" In diesem Moment beginnt er leise zu schniefen, und Tränen bilden sich in seinen Augen.

Marie steht wie angewurzelt auf der Stelle und zittert kraftlos. Sein gedämpftes Schluchzen hinter ihrem Rücken bricht ihr schonungslos das Herz. Schleppend dreht sie sich zu ihm um, während er verlegen sein Gesicht abwendet. Ihr Innerstes kehrt sich nach außen, denn ihn derart leiden zu sehen, schmerzt bis in die letzte Faser ihres Körpers.

„Was meinst du damit genau", fragt sie gequält.

Traurig sieht er sie an. „Es gibt Dinge, die du nicht weißt von mir."

„Dann erzähl es, damit ich endlich verstehen kann."

Er nickt und beginnt leise zu sprechen. „Ich war verlobt ... in Deutschland ..."

Marie betrachtet ihn sprachlos.

„... und ich habe sie verloren", fährt er fort und wischt leidig eine Träne beiseite.

„Ist sie tot?" fragt Marie und streichelt ihm zärtlich über die Wange.

„Nein."

Leer schaut er an ihr vorbei. „Sie wählte einen anderen ..."

Maries Herz setzt aus und alles verkrampft sich in ihr. „Wie konnte sie nur? Ich meine, jetzt verstehe ich erst!“

Aufgebracht nimmt sie seinen Kopf zwischen ihre Hände und sieht ihm direkt in die Augen. „Du darfst nicht glauben, daß ich zu Georg zurückgehe, niemals! Ich hatte nur Angst, daß er es vielleicht von jemand anderem erfahren könnte. Ich wollte es ihm deshalb selbst sagen.“

Lukas nickt träge und schwelgt in seiner traurigen Erinnerung.

„Was ist damals noch geschehen?“ fragt sie fast lautlos weiter.

Er schüttelt den Kopf.

„Kanntest du den anderen Mann?“

„Gott, ... sie hat sich für *Gott* entschieden“, flüstert er.

Marie verstummt, ihr Mund ist zwar geöffnet, doch kein Ton kommt über die Lippen.

„Es mußten ihr schlimme Dinge im Krieg widerfahren sein“, redet Lukas gedämpft weiter. „Und ich, daß heißt meine Familie, wir haben sie aufgenommen, wir wollten ihr helfen, verstehst du? Jedoch die Erfahrungen, die sie gemacht hatte, konnte sie nie verwinden und keinem Menschen mehr vertrauen. So entschied sie sich für Gott und ging ins Kloster. Ich wußte davon nichts, bis ich vor den Scherben meiner Verlobung stand. Indem ich ihr helfen wollte, vergaß ich mein eigenes Leben!“

Alle geheimen Einzelteile aus Lukas’ bisherigen Reden und Handeln fügen sich in Maries Kopf zu einem Ganzen zusammen. Sie begreift, warum er dem Glauben entsagt hat und worin seine größten Ängste lagen.

In diesem Augenblick *liebt* sie ihn in der vollkommensten Weise, die es zwischen zwei Menschen geben kann. Sie möchte ihn beschützen und vor jenem bewahren, was ihn solche Qualen ertragen ließ.

Sanft greift Marie sein Kinn, zieht es zu sich herunter und küßt ihn. Ihr Mund wandert zu seinem Ohr und flüstert die längst überfälligen und befreienden Worte.

„Ich liebe dich ..., für immer, und ich habe *zu lange* auf dich warten müssen.“

Eine Woge vollkommenen Glücks durchströmt ihn, so massiv, daß er kaum imstande ist, klare Gedanken zu fassen.

Im Rausch dieser Gefühle spricht er deshalb seltsame Worte. „Wenn ich heute sterben müßte“, sagt er ungehindert, „dann wäre es nicht schlimm.“

Liebevoll faßt er nach der losen Haarsträhne, die ihr unbändig ins Gesicht hängt. „Etwas Größeres als diesen Moment gibt es nicht. Ich liebe dich und habe auch viel zu lange auf dich gewartet!“

Erleichtert über den Ausgang seines Satzes lächelt sie überglücklich und schmiegt sich geborgen an ihn.

Das Schicksal geht unergründliche Wege

Marie will nun ein letztes Mal zu Georg heimkehren und ihm offen gegenübertreten.

Er jedoch, abgrundtief gekränkt, blockiert ein klärendes Gespräch. Von Neid zerfressen, vermutet er unbeirrt einen anderen Mann an ihrer Seite und glaubt, keinerlei Mittel zu beanspruchen, etwas dagegen zu unternehmen.

Er fühlt sich nur noch als halber Mann und derartigen Widerständen nicht gewachsen. Sein Stolz, sein Mut und sein Wesen sind vorerst gebrochen. Um sich selbst zu schützen, meidet er strikt jede Begegnung mit ihr.

Jenseits dieser tristen Wahrnehmung jedoch ist Georg stärker, als er ahnt. Seine Gesundheit und die labile Psyche stabilisieren sich allmählich. Hin und wieder, wenn er den eigenen schwermütigen Schatten überwindet, arbeitet er für ein paar Stunden draußen auf dem Feld. Von Zeit zu Zeit besucht er den Nachbarn Helmut, holt sich Hilfe für die Wirtschaft und geht in die „Vende“, ein paar Gläser Bier leeren.

Marie übt sich unterdessen in Geduld, will den passenden Moment abwarten, ihre unheilvolle Verbindung endlich zu lösen. Regelmäßig besucht sie Lukas, der sich eindringlicher denn je danach sehnt, offene Klarheit über ihr Verhältnis zu schaffen.

Den leichten Bauchansatz, als Zeuge ihres beispiellosen Glücks, hat er bisher noch nicht bemerkt. Marie will es ihm erzählen, sobald alle Geheimnisse gelüftet sind.

Die Schwangerschaft bekommt ihr besser, als sie zunächst befürchtet hatte. Nach der Fehlgeburt war sie in großer Sorge, ein weiteres Kind problemlos bekommen zu können. Bisher verläuft jedoch alles normal, und sie fühlt sich unwiederbringlich wohl. Jener Kummer, den sie seit der Ankunft in Brasilien erfahren mußte, ist gänzlich verschwunden. Die Freude über das Zeugnis ihrer Liebe überwiegt und stellt alles andere ins unerreichbare Abseits.

In diesem Moment treffen sie sich vor der Schmiede, wie jeden Tag um diese Zeit. Schmachtend mustert Lukas Marie mit sinnlichem Blick. Ihr buntes Sommerkleid und die offenen Haare wehen anbietend im Wind.

Wie von selbst legt er seine Hände um ihre schmale Taille und küßt ihre Nasenspitze. Um sie vor den neugierigen Blicken seiner Kollegen zu schützen, zieht er sie behutsam hinter eine nahestehende Holzhütte und grinst wie ein Kind beim Versteckspiel. Gleichsam kindisch beginnt auch Marie, aufgeregt zu kichern.

Lukas, der keine Minute von ihr lassen kann, küßt und berührt sie immerfort, erst ihr Gesicht, dann entlang des Halses bis hin zu den Ohren. Seine Küsse werden stürmischer und unverblümt tastet er sich hinunter zu den Knöpfen ihres Kleides. Marie erwidert seine Berührungen und entgleitet allmählich dieser Welt.

Als Lukas die Träger des Kleides abstreift, zuckt er plötzlich zurück und beendet abrupt seine betörenden Liebkosungen. Marie, die ihre Augen geschlossen hatte, öffnet sie stutzig und sieht ihn fragend an.

Traurig geht sein Blick zu dem großflächigen Bluterguß an ihrem rechten Oberarm, von dem er sofort vermutet, daß er von Georg stammt. Sanft fährt Lukas mit einem Finger darüber und küßt ihn vorsichtig.

„Ich möchte nicht wissen, wo er dir sonst noch überall weh getan hat", preßt er leise hervor und ballt die Fäuste.

„Nein", erwidert Marie. „So ist das nicht. Seit diesem Tag wagte er es nicht mehr, mich zu berühren."

Krachend schlägt seine Faust gegen die Holzwand. „Wieso verteidigst du ihn?"

Sie erschrickt und versteht sofort, was er damit sagen will. „Ich werde mit ihm reden, sobald es die Situation erlaubt. Das verspreche ich dir, Luke!"

„Seit Tagen sagst du das! Immer wieder ...", frustriert schließt er die Augen. „Und währenddessen verletzt er dich weiter. Ich werde ihn umbringen!"

Heftig schüttelt sie ihren Kopf. „Nein, so etwas darfst du nicht sagen, nicht einmal denken", mahnt sie und hält beschwörend eine Hand an seine Wange.

„Ich bringe ihn um", wiederholt Lukas zornig.

Sprachlos und furchtsam zugleich legt Marie einen Zeigefinger auf seine Lippen.

„Ich werde nicht zulassen, daß er dir jemals wieder Leid zufügt", beharrt er und schlägt erneut mit der Faust gegen die Wand.

„Luke, bitte ...", fleht sie, woraufhin er plötzlich wie besessen Marie umklammert und schützend in seinen Armen wiegt.

Noch lange halten sie einander fest, einfach nur so, bis sich Lukas widerwillig von ihr löst und gereizt zu seiner Arbeit zurückkehrt.

Spät am Abend geht er in die „Vende“ und ertränkt seinen Schwermut im Alkohol.

Robertos wachsamem Auge ist nicht entgangen, daß sein Gesicht heute besonders mißgestimmt aussieht. Jeden seiner Kunden kennt er auf eigene Weise und weiß um deren gute wie schlechte Stimmungen.

„Wie war der Tag?“ fragt er betont beiläufig.

Lukas winkt kopfschüttelnd ab.

Der Brasilianer nickt verstehend und gräbt nicht weiter nach den Einzelheiten.

Wie an jedem Abend ist die Bar bis auf den letzten Quadratzentimeter gefüllt, und Roberto hat Mühe, alle gleichermaßen gerecht zu bedienen. Oft genug muß er deshalb das Gepöbel der betrunkenen Männer zähneknirschend ertragen.

So versucht auch Georg seit etlichen Minuten verzweifelt ein Getränk zu bestellen und ist mittlerweile mächtig erbost.

„Whiskey”, schreit er und klopft mit dem leeren Glas auf den Tresen der Bar.

Lukas bemerkt ihn und erwacht sogleich aus seiner Phase des trunkenen Selbstmitleids. Kampfentschlossen und gestärkt vom Alkohol drängt er sich hinüber zu seinem Rivalen.

„Du siehst nicht gut aus“, versucht er ungeschickt, ein Gespräch aufzubauen und klopft ihm übertrieben freundlich auf die Schulter.

Georg dreht sich um und sieht Lukas überrascht an. Seit ihrer Ankunft und Maries tragischer Fehlgeburt waren sie sich nicht mehr begegnet. Zum damaligen Zeitpunkt vermochte er nicht zu erklären, warum ihm Lukas zuwider war. ‚Es könnte seine Erhabenheit, das Stehen über den Dingen, gewesen sein‘, erinnert er sich dunkel.

In diesem Moment, da er angetrunken und ausgezehrt vor ihm steht, empfindet Georg jedoch keinerlei Unterlegenheit. Im Gegenteil, wohlwollend erblüht Stärke in ihm, und er bemerkt, daß seine mentalen Kräfte langsam zum Leben erwachen.

„Du siehst ebenfalls nicht gerade beneidenswert aus“, gibt er reserviert zurück und schreit sogleich erneut nach dem Whiskey.

Angestrengt versucht Lukas, ein amüsiertes Lächeln aufzusetzen und ihn weiter belanglos auszufragen. „Bist du öfter hier?“

Georg nickt beiläufig und bekommt endlich sein ersehntes Getränk. „Worauf trinken wir?“ fragt er sogleich, hebt pathetisch sein Glas und verunsichert Lukas mit seiner unbeschwerten Art vollends.

„Äh, ich ...“

„Auf Deutschland“, sagt Georg schnell und nimmt einen kräftigen Schluck.

Nachdenklich starrt Lukas in sein Glas und überlegt, was der Trinkspruch bedeuten könnte.

Georg fühlt sich währenddessen beflügelt und verspürt den lang ersehnten Auftrieb. Er nutzt die Situation, spinnt den erlösenden Faden weiter und suhlt sich behaglich in seiner momentan erschaffenen, heilen Welt.

„Weißt du schon die Neuigkeit von uns?“

Lukas schüttelt benommen den Kopf.

„Marie bekommt ein Kind, also ..., ich meine, *wir* bekommen ein Kind“, offenbart er und blickt zufrieden in Lukas' entgeisterte Augen.

Unfähig, seine Worte zu vernehmen, geschweige denn ihnen Glauben zu schenken, hebt Lukas mechanisch das Glas zum Mund und nimmt einen kräftigen Zug.

Für einen kurzen Moment schließt er die Augen, öffnet sie wieder und sieht Georg noch immer siegessicher vor sich stehen. ‚Es war also keine Phantasie‘, denkt er berauscht und glaubt, daß ihm der Alkohol einen Streich spielt.

„Ein Kind“, wiederholt er kopfschüttelnd und beginnt, laut zu lachen.

Georg, der über seine Reaktion verblüfft ist, sie aber nicht deuten kann, stimmt in das Lachen ein. „Ja, stell dir vor, wir haben nicht einmal selbst etwas Anständiges zu essen, aber wir bekommen ein Kind", betont er.

Lukas' Lachen verstummt, und er wird plötzlich ernst. Sein Gesicht verzieht sich zu einem fragenden, ungläubigen Ausdruck, und er hält abwehrend eine Hand in Georgs Richtung. „Das ist doch nicht möglich", stammelt er atemlos, und langsam wird ihm bewußt, daß es kein Scherz sein sollte.

„Warum denn nicht?" fragt Georgs Stimme schallend im Hintergrund, die er bereits nicht mehr wahrzunehmen vermag. Alles beginnt, sich in Lukas' Kopf zu drehen.

„Ich muß hier raus", preßt er hervor und verschwindet Hals über Kopf.

Draußen vor der „Vende" fällt er langsam auf die Knie, drückt sein Gesicht in die trockene Erde und beginnt, unaufhaltsam sein Innerstes nach außen zu würgen.

„Oh, mein Gott", beschwört er und verschluckt sich an seinem eigenen Speichel. „Ich weiß, ich habe dir unrecht getan, aber warum vergiltst du es mir in dieser unerträglichen Form?"

Flehend sieht er hinauf in den klaren Sternenhimmel und schließt ablehnend die Augen. Seine Knie schmerzen, doch Stück für Stück kriecht er weiter nach vorn. Die Luft scheint verbraucht und zäh zugleich, denn es ist ihm kaum möglich, normal zu atmen. Immer wieder hustet und würgt er.

Georg steht indes unbeirrt an der Bar und grübelt über Lukas' Verhalten. Sein Gefühl verheißt ihm Ungutes. In Gedanken verfolgt er das Gespräch zurück und bleibt immer wieder bei Marie stehen. Er erinnert sich, wie liebevoll Lukas einst, bei der Fehlgeburt, mit ihr umgegangen war. Schon damals verfluchte er ihn für jene intuitive Fürsorge. ‚Ist Lukas etwa der Mann, welcher ihr ... ?'

Bevor er den Gedanken zu Ende führen kann, steht Lukas abermals neben ihm am Tresen. Sein Verhalten grenzt an Erscheinungen des Wahnsinns. Mit schmutzigem Gesicht und geröteten Augen starrt er Georg befremdet an.

„Die Männer wollen morgen abend zur Jagd gehen“, sagt er mit belegter Stimme.

„Jagd?“ Wachsam beäugt Georg ihn.

„Ich dachte“, Lukas schluckt, „vielleicht willst du mitkommen?“

„Was?“

„Jagen! Wildschweine. Es soll eine Menge hier in der Gegend geben, und ihr könnt sicher etwas Fleisch im Haus gebrauchen“, erklärt er und kämpft gegen das Verlangen, ihm direkt ins Gesicht zu schlagen.

Georg versteht nichts mehr. „Wieso kommst du darauf? Erst verschwindest du ohne Sinn, und jetzt fragst du mich danach. Was ist hier eigentlich los?“

„Willst du jetzt Fleisch auf den Tisch oder nicht?“

Der Gedanke, endlich einmal wieder ein richtiges Steak zu essen, lenkt Georg von seinem Mißtrauen ab. Er riecht förmlich die würzigen Düfte, die durchs Haus gehen, und nach all der entbehrungsreichen Zeit lechzt sein Magen nach etwas Deftigem.

„Ich weiß nicht, ob ich die Kraft dazu habe“, wendet er vorsichtig ein. „Die Malaria steckt noch immer in meinen Knochen.“

Lukas tritt angespannt von einem Bein auf das andere, bemerkt jedoch, daß Georgs Starrsinn bereits zu brechen beginnt.

„Gut, das mußt du allein entscheiden. Ich denke aber, es wird nicht zu lange dauern, bis wir unsere Beute erlegt haben.“

Ärgerlich darüber, daß er nicht dabei sein und ein Stück Fleisch abhaben würde, verwirft Georg seine Zweifel und schlägt kurzweg ein. „Gut, dann komme ich mit“, sagt er. „Es wäre doch gelacht, wenn ich das nicht mehr schaffen sollte!“

„Wir holen dich dann morgen abend, wenn es dunkel wird, ab.“

„Ich habe aber kein Gewehr“, fällt es Georg noch ein.

Alarmiert verharrt Lukas für einen Augenblick. ‚Gewehr', denkt er, und in seinem Kopf begegnen sich die beiden Männer im Wald, Auge um Auge, die Waffe bis zum Anschlag geladen.

„Was ist jetzt mit dem Gewehr?" hakt Georg nach.

„Ja, äh, Arnold, einer der Männer, hat zwei davon, glaube ich", stottert er benommen. „Sicherlich kannst du eines leihen."

„Gut."

„Ich muß jetzt aber gehen, bis morgen dann", sagt Lukas abschließend, hebt kurz die Hand und verschwindet.

Noch lange kreisen Georgs Gedanken um die merkwürdige Begegnung mit ihm. Egal wie er es dreht und wendet, all die vielen Konstellationen ergeben nur einen begreifbaren Sinn. ‚Lukas und Marie haben eine geheime Verbindung!'

Angewidert schüttelt er den Kopf und kann sich selbst nicht begründen, was er vermutet. Die Angst, jemand würde ihm sein zurückerobertes Selbstbewußtsein wieder nehmen, spornt ihn an.

‚Nein', denkt er klar und beschwört zu jener Stunde, daß kein Unmut dieser Welt ihm je wieder etwas anhaben kann. Er hat dem Tod ins Antlitz gesehen und ist froh, ihm vorerst entkommen zu sein.

Marie und alles, was ihr Leben umschließt, sind ihm von jetzt an ausnahmslos gleichgültig, *besonders das Kind.* In diesem Moment entscheidet er, sich allein durchs Leben zu schlagen und, wenn alsbald möglich, nach Deutschland zurückzukehren.

Auf der Jagd

Sie ist entsetzt. „Was wollt ihr? Jagen?"

Seit einer Ewigkeit wechseln Marie und Georg nicht mehr als zwei Worte miteinander und jetzt, da sie es tun, entfacht sofort ein Streit.

„So ist es", erwidert er verstockt. „Dann kommt auch endlich wieder Fleisch auf unseren Tisch!"

„Wieso auf einmal jagen? Das kannst du doch überhaupt nicht?“

„Jeder Mann kann das“, sagt er beleidigt, richtet sich auf und strafft erhaben die Schultern. „Und was interessiert es dich eigentlich plötzlich, was ich mache? Seit Tagen hat es das nicht mehr.“

Zähneknirschend sieht sie ihn an, weiß darauf jedoch keine einleuchtende Antwort. Ihre Vorahnung, Lukas könnte hinter der Idee des Jagens stecken und sich damit in Schwierigkeiten bringen, versetzt sie in panische Angst.

„Ich habe kein gutes Gefühl“, sagt Marie deshalb und legt beschwichtigend eine Hand auf seine Schultern. „Ich sorge mich, denn Jagen ist gefährlich für den, der sich nicht auskennt. Ich weiß es von meinem Vater. Er kam einmal des Nachts nicht heim, weil ein angeschossenes Tier ihn verletzt hatte.“

Georg betrachtet sie verächtlich. „Dummes Frauengeschwätz!“

Kaum hat er jene Worte gesprochen, klopft es energisch an der Tür. Draußen stehen die Männer bereit zum Aufbruch, Lukas, Arnold und zwei weitere Gesellen aus der Schmiede.

„Hier hast du ein Gewehr“, sagt Lukas, ohne ihn zu begrüßen.

Heinrich hört seine Stimme, erkennt sie sofort und kommt freudig bellend auf ihn zugelaufen. „Ja, sag mal, du bist aber groß geworden. Willst du etwa mitkommen?“

Georgs Ernüchterung folgt im Gleichschritt. ‚Der Hund empfindet mehr Zuneigung für Lukas als für mich, weil dieser Mann offensichtlich häufig in meinem Haus zugegen war, womöglich das Tier sogar hierher gebracht hat‘, denkt er, und die letzten Bausteine zu Maries Affäre fügen sich in seinem Kopf zusammen.

Lukas unterdessen ist derart nervös, daß er Georgs Gedanken nicht bemerkt. Er entscheidet kurzerhand, den Hund mit zur Jagd zu nehmen und macht anschließend noch die Männer miteinander bekannt. „Das sind übrigens Josef, Willibald und Arnold. Ich kenne sie alle aus der Schmiede, in der ich arbeite.“

Georg nickt verhalten und begrüßt jeden einzeln per Handschlag.

„Dann los“, bestimmt Lukas und blickt ein letztes Mal heimlich zurück zu Marie, die abwartend am Fenster steht. Die Angst, ihren Geliebten und sich selbst vor Arnold zu verraten, hielt sie von dem dringenden Bedürfnis ab, offen hinauszutreten.

Versteckt hinter seinem Rücken gibt er ihr eine liebevolle Abschiedsgeste und wird *dann* mit den anderen Männern von der Dunkelheit der Nacht verschlungen.

Zitternd und voller Frucht zermartert sich Marie das Hirn. In Gedanken sieht sie wiederkehrend die Waffen der Männer und befürchtet eine unvermeidbare Tragödie. In ihrer Angst verläßt sie geistesgegenwärtig das Haus und läuft fieberhaft zu Irene. Sie hofft, daß die lebenserfahrene Frau womöglich einen Weg finden kann, das schlimmste Unheil zu verhindern.

Inzwischen sind die Männer im Wald angekommen und bewegen sich im Schleichgang durchs dichte Untergestrüpp. Leise knacken die Äste unter den Füßen und andernorts kreischt ein rätselhafter Vogel. Die Geräusche der Nacht wirken gespenstisch und selbst den abgehärtetsten Mann fröstelt es.

Der Hund bleibt stets dicht bei Lukas und läuft tolpatschig schnüffelnd direkt um seine Füße. Ab und an tritt er auf seine Pfoten, worauf Heinrich jämmerlich aufheult. Währenddessen lassen sich Georg und Lukas nicht aus den Augen. Ihr ständiger Blickkontakt ist Zeuge dessen, daß keiner dem anderen vertraut und mit jedem weiteren Blick wird Lukas’ Griff um sein Gewehr instinktiv fester.

Arnold hat indes das Kommando übernommen und glaubt die Stelle, an der die Wildschweine vermutet werden, gefunden zu haben. „Hier ist es. Wir sollten uns jetzt aufteilen“, flüstert er und deutet mit der Hand in verschiedene Richtungen.

Willibald und Josef gehen sogleich gemeinsam nach Norden.

„Laßt uns drei einzeln gehen“, schlägt Arnold vor, und sie verteilen sich in die übrigen Richtungen.

Als Irene der jungen Frau die Tür öffnet, wird ihr sofort klar, daß ein Unglück geschehen sein muß.

„Ich ..., ich darf nicht ..., ich meine ..., er wird ihn umbringen ..., Irene, hilf mir!“ Marie zittert am ganzen Körper und redet verstört durcheinander.

„Jetzt setz dich doch erst einmal“, versucht die alte Dame, sie zu beruhigen.

„Nein ..., nein, wir dürfen keine Zeit verlieren“, fleht sie.

„Erzähl mir bitte zuerst, was passiert ist, ganz langsam und von vorn.“

Als Marie sich setzen will, stößt sie eine Tasse vom Tisch, die lärmend auf dem Boden zerschellt. „Oh, es tut mir leid, ich meine ...“ Bestürzt kniet sie sich hin und will die zerbrochenen Scherben aufsammeln.

Irene kommt zu ihr. „Laß das, es ist nicht schlimm. Ich werde das später aufräumen, Marie.“ Beschwörend nimmt sie die zitternden Hände der jungen Frau zwischen die ihren. „Laß das bitte, es ist alles in Ordnung!“

Tränen strömen über Maries Gesicht. „Nein, das ist es nicht“, schluchzt sie und hält verzweifelt die Hände vors Gesicht.

„Bitte erzähl mir jetzt, was passiert ist, von Anfang an und ganz ruhig“, wiederholt Irene eindringlich.

Marie nickt folgsam, holt tief Luft und versucht, ihre Gedanken, Motive und Vorahnungen plausibel im Kopf zu ordnen.

Zur gleichen Zeit schleicht Lukas leise durchs Unterholz, dicht gefolgt von Heinrich, und hat seinen Blick beharrlich nach hinten gerichtet. Obwohl ihm niemand zu folgen scheint, fühlt er eine unsichtbare Gestalt im Nacken. Angespannt tritt er auf einen knackenden Ast, verharrt und hört fieberhaft in die endlose Stille.

Es rührt sich nichts. Niemand ist in unmittelbarer Nähe. Auf leisen Sohlen tastet er sich weiter nach vorn.

Plötzlich steht eine dunkle Gestalt direkt vor ihm, vielleicht zehn Meter entfernt. Schnell duckt er sich hinter einen nahegelegenen Baumstamm und gibt Heinrich ein Zeichen, sich ebenfalls zu verstecken. Der Hund gehorcht widerwillig, und Lukas wartet atemlos. Nichts passiert.

Wegen der Dunkelheit kann er weder erkennen, wer vor ihm steht, noch deuten, was es genau ist. ‚Wer oder was, außer jemand, der mir schaden möchte, soll das sein?' fragt er sich gehetzt und legt zur Sicherheit das Gewehr an.

Ungleichmäßig stockend geht sein Atem, und Schweißperlen rollen ihm glühend aus dem Haaransatz. Seine Ohren und die Augen sind höchst wachsam, sein Körper bleibt unbeweglich und starr am Boden geduckt. Als Heinrich plötzlich verdächtig die Ohren spitzt, bemerkt er, daß sich die Gestalt langsam auf ihn zu bewegt.

Marie hat inzwischen all ihre Ängste offen vor Irene ausgebreitet und hofft auf ein rettendes Wunder. Die alte Dame jedoch ist währenddessen immer nachdenklicher geworden, und ihr Gesicht birgt unüberwindbare Sorgenfalten.

„Was genau hat Lukas gesagt?" fragt sie zum wiederholten Mal.

„Daß er nicht zulassen wird, daß Georg mich noch einmal verletzt", antwortet Marie weinend „und daß er ihn umbringen wird."

Irene stützt ihre Hände auf die Oberschenkel und holt tief Luft. „Sie sind wirklich mit Gewehren losgezogen und haben gesagt, sie wollen jagen gehen?"

Nachdenklich fährt sie sich mit einer Hand über die Stirn. „Gut, Lukas erzählte zwar, daß es Männer gibt, die in dieser Gegend Wildschweine gesehen und gejagt haben wollen, aber ...", sie stockt. „Nein, das glaube ich nicht", wechselt sie selbst das Thema. „Niemand wird irgend jemanden umbringen."

Ihr Blick verrät jedoch, daß sie sich dieser Worte ungewiß ist.

Lukas hockt noch immer starr an derselben Stelle im Wald und wartet, was das unbekannte Wesen vorhaben könnte. Sein Zeigefinger ist am Durchzug des Gewehres und jederzeit zum Abdrücken bereit. Die dunkle Gestalt steht jetzt nur noch wenige Meter von ihm entfernt und rührt sich nicht.

„Lukas? Bist du das?“ fragt die Stimme, die eindeutig Arnold zuzuordnen ist.

Hörbar laut atmet Lukas aus, und all die Anspannung der vergangenen Minuten fällt von ihm ab. Peinlich berührt, nimmt er schnell das Gewehr herunter.

„Oh mein Gott, Arnold, ich dachte, du wärst ..., schleich dich bloß nicht wieder so an“, sagt er aufgewühlt und ringt um Atem. „Ich hätte dich beinahe erschossen!“

Arnold beginnt indes zwanglos zu lachen. „Was? Wieso denn? Kannst du nicht mehr einen Menschen von einem Tier unterscheiden?“

Beleidigt winkt Lukas ab. „Du hast ja keine Ahnung“, entgegnet er und verschwindet aus Beschämung geradewegs ins nächste Gebüsch.

„Aber erschieße bitte niemanden und *vor allem*, Luke, tu dir selbst nichts an“, flüstert ihm Arnold noch lachend hinterher.

Lukas ärgert sich über seine eigene verworrene Ängstlichkeit und kann Arnolds belustigte Rede auf bestimmte Weise verstehen. Er entfernt sich weiter ins unbekannte Dickicht und ist wenig später abermals allein.

Um kurz durchzuatmen, kniet er sich zu Boden und verharrt einen Moment zwischen den altehrwürdigen Bäumen des Waldes.

‚Niemals könnte ich es fertigbringen, einen Menschen zu töten‘, denkt er, und ein kalter Schauer fährt ihm grausig durch den Körper. Es ist ihm soeben klar geworden, und er schämt sich für seine vorherigen, trunkenen Phantasien. Jener Schreck mit Arnold war ihm eine bittere Erfahrung.

‚Kann ich nun je wieder Georg anstandslos gegenübertreten?' Inmitten seiner Gedanken springt plötzlich etwas neben ihm aus dem Gebüsch. Mit rasantem Tempo rennt ein Wildschwein aufgescheucht kreuz und quer vor seinen Augen und kommt anschließend geradewegs auf ihn zu. In letzter Sekunde kann er zur Seite springen und sich zu Boden werfen.

‚Ein Keiler', denkt er und springt hastig auf die Füße.

Aus einem Jagdinstinkt heraus bellt Heinrich aus Leibeskräften. Lukas gibt ihm das Kommando, ruhig zu sein, und versucht angestrengt zu erkennen, wohin das Tier geflüchtet sein könnte. Zunächst ganz langsam und auf leisen Sohlen verfolgt er die vage Spur seiner Beute und lädt im Laufen das Gewehr. Währenddessen springt direkt vor ihm das Wildschwein erneut aus dem Dickicht und flüchtet entgegengesetzt nach Osten. Lukas wechselt sofort die Zielrichtung und bleibt ihm dicht auf der Fährte.

Ruckartig springt Marie vom Schaukelstuhl hoch und läuft zum Fenster. Sie schaut ängstlich hinaus, als habe sie etwas gehört.

Irene sitzt, mit dem Kopf in die Hände gestützt, am Tisch.

„Ich muß ihn warnen", sagt Marie, geht hastig zur Tür und will, ohne abzuwarten, nach draußen flüchten.

„Nein, mach keinen Unsinn! Du wirst im Dunkeln niemanden finden", sagt Irene, die eilends aufsteht, zu ihr läuft und sie festhält.

„Dieser Wald ist schon tagsüber unüberwindbar." Ernst sieht sie die verzweifelte, junge Frau an. „Ich war selbst einmal da und habe mich furchtbar verlaufen. Alles sieht überall gleich aus".

„Aber wir müssen doch irgend etwas tun", beharrt Marie und wehrt sich gegen ihren festen Griff. „Bitte, Irene, ich kann hier nicht warten und bangen", fleht sie.

„Doch, wir müssen warten", beschwört die Alte. „Du wirst *gewiß* niemanden finden!"

Langsam lockert sie den Griff an Maries Arm und spricht leise weiter. „Außerdem ist da draußen noch das Moor. Wer sich nicht auskennt, wird hineingeraten.“ Angewidert schüttelt sie während dieser Worte ihren Kopf.

„Aber wir müssen doch irgend etwas tun“, wiederholt Marie gebetsmühlengleich in tiefster Verzweiflung. „Kennt sich vielleicht Roberto im Wald aus?“

Die alte Frau schüttelt entkräftet den Kopf. „Die Männer sind jetzt völlig auf sich allein gestellt“, beteuert sie. „Du mußt Lukas vertrauen! Er wird nichts Unüberlegtes tun, *wenn er dich liebt.*“

Sanft streichelt sie über Maries Haar und spürt ihre geschundene Seele. Sie drückt den Kopf der jungen Frau an ihre Brust und wiegt sie behutsam in ihren alten, fürsorglichen Armen.

Es ist ein hoffnungsloser Augenblick, der die beiden Frauen miteinander verbindet. In Irene wächst das Gefühl, eine Tochter wiedergefunden zu haben. Auch wenn Marie aus einem anderen Leben stammt, so ist sie ein Segen für jene, denen sie hundertprozentig vertraut.

Das verloren geglaubte Gefühl des Beschützens, gleich einer liebenden Mutter, kehrt zu der alten Dame zurück.

Ihre Erfahrung lehrt aber gleichzeitig, daß Trost immer verbunden ist mit tiefem Schmerz. Und so weiß Irene sicher, daß schwere Verluste folgen werden, wenn derart reines Glück in ihr eigenes Heim einzieht.

„Dann laß mich wenigstens zurück nach Hause gehen“, flüstert Marie tränenreich. „Dort wird mich Lukas am ehesten vermuten.“

„In Ordnung, ich komme aber mit“, erwidert Irene und hofft inständig, daß ihnen an diesem Abend das Schlimmste erspart bleiben möge.

Im Wald herrscht mittlerweile hektisches Durcheinander. Willibald und Josef haben bemerkt, daß von irgendwoher Geräusche kommen und folgen ihnen. Arnold ist ebenfalls von seiner Route abgewichen, und auch Georg glaubt zu wissen, wo die Unruhe herkommt. Geschwind hängt er sich nichtsahnend an seine Vermutung.

Lukas und der Hund laufen indes weiterhin dem unsichtbaren Wildschwein hinterher. Seine Nerven sind zum Zerreißen gespannt, und es packt ihn plötzlich der Ehrgeiz, die Jagdbeute als erster zur Strecke zu bringen. Er sehnt sich regelrecht danach, die Beute allein zu erlegen und damit den Glauben an sich selbst wiederherzustellen. Das Tier scheint allerdings im Dunkeln der Nacht verschwunden zu sein. Nirgendwo kann er es gegenwärtig wahrnehmen.

Um sich zu orientieren, bleibt er keuchend stehen und horcht eindringlich in die Stille. Sein Atem geht unregelmäßig. Sonst ist alles ruhig. Heinrich sitzt abwartend folgsam zu seinen Füßen, und Lukas fährt ihm kurz über den Pelz.

Wie aus dem Nichts taucht plötzlich Georg neben ihm auf. Er muß im Dickicht gesessen und ihn beobachtet haben. Die beiden Männer stehen sich wortlos gegenüber und automatisch legt sich Lukas' Hand fester um den Schaft seines Gewehres.

Er sieht Georgs Augen, die in der Dunkelheit beunruhigend leuchten. Ein Wirrwarr an Gedanken fährt ihm augenblicklich durch den Kopf: ‚der falsche Ehemann, Maries schönes Gesicht, ihr vereinnahmendes Lachen, unersättliche Liebe, ein Bluterguß an ihrem Oberarm und ein ungeborenes Kind.'

Es packt ihn die Panik. Er kann Georg *nicht* töten, *nicht* mit ihm reden und auch *nicht* ihm gegenüberstehen. Zum ersten Mal in seinem Leben rennt Lukas vor einer Schwierigkeit davon, im Augenblick unfähig, sich ihr zu stellen.

Wie vom Wahnsinn ergriffen, flüchtet er zwischen die Bäume, einfach weg vor seinem scheinbar ärgsten Feind. Georg, der die Situation nicht zu begreifen vermag und soeben nach dem Wildschwein fragen wollte, folgt ihm ohne böse Hintergedanken.

Lukas wird schneller. Er jagt durch den Wald, springt über umgefallene Baumstämme, herumliegendes Reisig, Laub und störrisches Unterholz. Er rennt und rennt, egal, einfach weg, weg von seinem Leben, von seinem Schmerz und dem nichtsahnenden Verfolger. Georg eilt ihm indes weiterhin nach, ebenso Heinrich, der kläffend die anderen Männer auf sich aufmerksam macht.

Arnold hört den anschlagenden Hund und ahnt eine Gefahr.

In seiner unersättlichen Hast blickt Lukas nicht mehr hinunter zu seinen Füßen und fällt in diesem Moment hart zu Boden. Er schreit laut auf und wälzt sich klagend auf der Erde. Sein Fuß ist verletzt, und der Schmerz dringt tief in seine Knochen.

Georg, der augenblicklich heraneilt, erkennt geradewegs die Situation.

Angesichts seines vermeintlichen Gegners will sich Lukas schnellstens aufraffen und merkt, daß plötzlich der Boden unter ihm nachgibt.

Schlagartig beginnt sich alles zu bewegen, und ein einziger zerstörender Gedanke schießt durch seinen Kopf: ‚*das Moor*'. Im Wahn seines eingebildeten Verderbens ist er blindlings darauf zugesteuert und scheint nun gefangen im ewigen Nichts.

Wie gelähmt, steht Georg längsseits der Stelle und erstarrt beim Anblick des Geschehenen. Er hat von den Schauergeschichten des Moores gehört und weiß, daß jeder im Dorf diese Gegend strikt meidet. Abergläubische Zungen behaupten gar, ein Fluch der Ahnen läge über diesem Land und würde sich hier in einzigartiger Form beweisen.

Lukas, der sich mit aller Kraft befreien will, verschlimmert seine Lage mit jeder unruhigen Bewegung.

Heinrich bellt indes aus Leibeskräften und versucht, mit den Pfoten die Empfindlichkeit des Moores zu ertasten. Der Hund rutscht dabei fast selbst in den sumpfigen Brei. Zähneknirschend knurrt er Georg böse an, der dadurch endlich aus seiner Starre erwacht und zu reagieren beginnt.

„Ich muß etwas tun ..., was kann ich ..., ich helfe dir, Lukas, halte durch ... ", stammelt er durcheinander und versucht, ihm seine Hand entgegenzustrecken.

In diesem Moment erreicht Arnold den Unglücksort.

„Was ist passiert? Ich habe den Hund gehört“, fragt er und sieht sofort die Schwierigkeit. „Oh Gott, schnell, wir müssen ...“

„... ein Stück Holz, ich hole einen Baumstamm“, beendet Georg stotternd den Satz und verschwindet im Dunkeln.

Lukas versinkt indessen weiter.

Je heftiger er bemüht ist, sich zu befreien, desto mehr nimmt das Moor ihn gefangen. All seine Gedanken sind längst ausgeschaltet, und die restliche Energie in seinem Körper zentriert sich einzig und allein aufs bloße Überleben.

Als Georg mit einem geeigneten Baumstamm zurückkehrt und ihm diesen entgegenhält, will er fieberhaft danach greifen, ertastet das spröde Holz und versucht, sich mühsam daran hochzuziehen.

„Ich schaffe es nicht, meine Hände ...“, sagt er gequält.

„Natürlich schaffst du es“, entgegnet Arnold eindringlich.

Lukas rutscht jedoch ab. Seine Hände sind ganz und gar durchweicht und reiben sich an dem rauhen Holz des Stammes schmerzhaft auf. Die anhaltende Nässe setzt sich tief in seine Haut, in die Knochen und in jede seiner Gliedmaßen. Trotz der warmen Luft beginnt er mehr und mehr vor Kälte zu zittern.

„Wir werden dich hier rausholen ..., du mußt aber dabei helfen! Komm“, brüllt Georg verzweifelt in seine Richtung.

Verstört sieht Lukas ihn an und verdreht die Augen vor Schmerz. Die Verletzung an seinem Fuß, der bereits weit im Moor versunken ist, sticht wie Nadeln, die fortwährend in rohes Fleisch dringen. Die Feuchtigkeit hat die Wunde völlig durchnäßt und verklebt die beschädigte Haut ineinander.

Arnold läuft angsterfüllt auf und ab, überlegt angestrengt und hat einen rettenden Einfall. „Wir müssen unsere Jacken zusammenbinden, wie eine Art Seil“, erklärt er hektisch und sieht in diesem Moment Willibald und Josef herbeieilen.

„Was ist hier los?“ fragen sie gleichzeitig.

„Lukas steckt im Moor fest. Ich brauche eure Jacken, schnell, schnell!" Arnold reißt den beiden förmlich die Sachen vom Leib und knotet sie hastig zusammen.

Hoffnungsvoll werfen sie das behelfsmäßige Seil zu Lukas, der bereits bis weit über die Hüfte versunken ist.

„Und jetzt zieh dich daran hoch", schreit Arnold. „Das Material ist weicher!"

Lukas kann sich jedoch inzwischen kaum noch bewegen. Sein ganzer Körper ist steif vor Nässe und Kälte. Verkrampft will er nach dem Seil greifen, verfehlt es aber immer wieder und schüttelt kraftlos den Kopf.

„Verdammt noch mal! Reiß dich zusammen, und halte dich endlich fest", verliert Arnold endgültig die Nerven und beginnt in diesem Moment zu begreifen, daß sein Freund für immer im Nichts des Moores versinken könnte.

„Es geht nicht ..., meine Hände ..., sie sind steif", antwortet Lukas träge und hat Mühe, seinen Mund zu verständlichen Worten zu formen.

„Alles geht, wenn man es nur wirklich will", beschwört Arnold schreiend. „Was ist denn mit deiner Frau? Willst du sie einfach so allein lassen?"

Wie ein vorwurfsvoller Schall gehen die klaren Worte durch die Luft und lassen Lukas' gesenkten Kopf ein wenig aufrichten. Sein Mund verzieht sich selbstquälerisch zu einem schmalen Strich, und ein bitteres Lächeln ist Zeuge seiner Ausweglosigkeit. Verkrampft bewegt er die blau angelaufenen Lippen und spricht kaum hörbar seine eigene Erlösung.

„Sie gehört mir nicht."

Undurchdringlich langsam fahren die Worte in Georgs begreifendes Ohr. Obwohl er um das geheime Spiel wußte, lähmt es ihn und bestätigt seine eigene Geschichte als gescheiterter Ehemann. Er erkennt in diesem Augenblick jenes vorherbestimmte Schicksal und versteht, daß nur er selbst all die Verantwortung trägt.

‚Es ist Zeit, Frieden zu schließen und endlich zur Ruhe zu kommen‘, denkt Georg, nickt zum Abschied seinem Nebenbuhler zu und befreit ihn damit endgültig aus seiner seelischen Not.

„Los, du mußt kämpfen“, schreit Arnold panisch und gibt nicht auf. „Es ist jetzt egal, wem sie gehört. Du willst doch am Leben bleiben, verflucht nochmal!“

„Nein“, entgegnet Lukas leise, aber diesmal bestimmend. „Es ist vorbei.“

Der letzte Hauch seiner Worte verliert sich im Dunkeln der traurigen Nacht. Schlagartig wird es unnatürlich still im Wald, jegliche Laute verstummen. Heinrich, der die ganze Zeit über cholerisch gebellt hatte, setzt sich geräuschlos zu Arnolds Füßen und stützt niedergedrückt den Kopf zwischen die Pfoten.

„Nein, nein ..., bitte nicht, Luke. Ich habe das doch vorhin nicht so gemeint, als ich sagte, du sollst dich nicht selbst verletzen! Bitte, was ist denn bloß mit dir?“

Arnold fällt auf die Knie, und Tränen schießen haltlos in seine Augen. Er weint in unendlicher Verzweiflung und hält verbissen den Stoff der zusammengebundenen Jacken in der Hand.

Willibald versucht, ihn zu trösten, und stützt den bebenden Körper des Freundes, während er seine eigenen Tränen kaum unterdrücken kann.

Ein letztes Mal geht Lukas' Blick geistesabwesend in die Runde, er lächelt leicht, läßt seinen Kopf sinken und wird bewußtlos.

Ohnmächtig ergeben sich die Männer dem erbarmungslosen Schicksal. Die Geschichten über das Moor haben sich bewahrheitet und ergeben in diesem Augenblick ihren schmerzlichen Sinn.

Arnold, der den Anblick des sterbenden Freundes nicht ertragen kann, flüchtet ziellos ins Dunkel des Waldes. Sein Kummer übertrifft in jedem Maße den der anderen. Für eine endlos lange Zeit bleibt er fort und gilt für die meisten als verschollen. Es vergehen Jahre, ehe er ins Dorf zurückkehrt und im Wesen völlig verändert ist.

Vollkommen im Schmerz

Die beiden Frauen sitzen am Tisch in Maries Hütte und warten seit Stunden auf ein Zeichen der zurückkehrenden Männer. Immerzu wenn ein Geräusch von draußen hereindringt, fährt Marie hoch und hält stockend den Atem an.

Es muß bereits weit nach Mitternacht sein, und die Gewißheit, daß etwas Furchtbares geschehen sein könnte, verstärkt sich mit jeder quälenden Minute.

Georg irrt indes ziellos im Wald umher. Obwohl es ihm danach dürstet, nie wieder in sein eigenes Haus zurückzugehen, so ist er dazu gezwungen. Seine Kleider sind vollständig durchnäßt und mit Schlamm beschmiert. Er muß sie dringend wechseln, bevor eine weitere Krankheit seinen Körper zu zerstören droht.

Leise und beinahe ängstlich öffnet er die Tür und tritt ein. Leicht gebückt, den Kopf nach vorn gerichtet und die Schultern hängenlassend, läuft er ein paar Schritte an den fragenden Blikken der Frauen vorbei. Das Gewehr schleift am Boden.

Marie erhebt sich vorsichtig. „Ich bin froh, daß du lebst", sagt sie langsam und wartet auf eine Reaktion.

Er scheint inzwischen nur ein Schatten seiner selbst zu sein. Dunkle Spuren zeichnen sich unter den Augen ab, und die spröde Haut seines Mundes ist aufgerissen.

„Was?" fragt er mit wirrem Blick.

„Egal, du bist hier und das ist gut."

Sie setzt sich wieder und faltet nervös die Hände vor sich zusammen.

Georg sieht die beiden Frauen ungläubig an. „Ich, ich verstehe nicht?"

Irene, der nicht entgangen ist, wie erbärmlich er aussieht, mischt sich ein. „Wieso sehen Sie überhaupt so aus? Haben Sie das Wildschwein etwa persönlich erlegt?"

Von ihren ironischen Worten angewidert, winkt er träge ab und schleppt sich, ohne zu antworten, weiter durch den Raum.

„Was ist geschehen?" hakt Irene schroff nach.

Er bleibt unwillig stehen, stützt sich auf eine nahestehende Kommode und sieht schweigend zu Boden.

„Sagen Sie es uns endlich!"

Marie wird zunehmend unsicher. Ihre Hände beginnen zu zittern, und eine ohnmächtige Vorahnung verheißt ihr schlimmste Dinge. Noch nie hat sie Georg derart kampflos und am Boden zerstört erlebt.

„Wo sind die anderen Männer?" fragt sie deshalb vorsichtig.

Er zuckt mit den Schultern.

„Ist etwas passiert?"

Er nickt.

„Was?"

Ihre Blicke treffen sich. Seine Augen werden glasig und schimmern im Schein des Kerzenlichtes. In seinem trockenen Hals bildet sich ein kehliger Kloß.

„Es ist vorbei", sagt Georg schließlich erstickt.

„Vorbei?" Marie versteht nicht, was er meint.

Schnell und unbeholfen wischt er sich eine Träne von der Wange und holt tief Luft. „Wir konnten nichts mehr für ihn tun", erzählt er und starrt wieder zu Boden.

Die beiden Frauen sehen sich fragend an. Wie ferngelenkt erhebt sich Marie erneut und geht ängstlich einen Schritt auf Georg zu. „Sag mir bitte, was geschehen ist!"

Schwerfällig hebt er den Kopf und schaut sie an. Er wünschte seiner Frau derart viel Schlechtes, doch das Ereignete übertraf all diese Vorstellungen. Eine solche Tragödie hat Georg nicht gewollt. Sein Haß ging zwar weit, aber niemals an jene Grenzen. Und nun sollte er in Worte fassen, wozu er nicht fähig war.

„Ich konnte ihn zwar nicht gut leiden", beginnt er niedergeschmettert, „weil er immer alles bekam, was er wollte, und jeder ihn mochte und ...", er schluckt den Kloß im Hals hinunter. „So etwas jedoch habe ich nicht gewollt", beendet er stockend den Satz.

Marie geht einen weiteren Schritt auf ihn zu, greift wie von selbst nach dem schmutzigen Kragen seines Hemdes und schüttelt ihn. „Was redest du da?"

„Ich konnte nichts tun", wiederholt er abwehrend und hebt die Hände, „ich habe es wirklich versucht." Seine Stimme versagt, doch weil er irgendwie Haltung bewahren will, redet er faselnd weiter. „Er ist einfach versunken."

„Versunken?" Irene steht erschrocken vom Tisch auf.

„Ja, im Moor", beendet Georg.

Maries Hände lösen sich von ihm und schockiert weicht sie einen Schritt zurück.

„Von wem reden Sie?" nimmt Irene ihr die Frage ab.

Georg richtet sich unbeholfen auf. Er kann die Last der vergangenen Stunden nicht mehr tragen. Sein Gemüt und sein Körper hängen schlaff im Dunst des Raumes und mit wenigen Worten streift er ab, was schwer auf seiner Seele liegt.

„Luke ..., Lukas ist tot. Er ist im Moor versunken."

Große, leere Augen, die nicht hätten schmerzhafter schauen können, starren ihn entsetzt an; flehend, zitternd, angsterfüllt ... . Marie fällt zu Boden, sinkt in sich zusammen und gibt einen rätselhaften Schrei von sich.

Irene vermag sich nicht zu rühren. Wie versteinert steht sie am Tisch, unfähig, der jungen Frau, die sie vor wenigen Stunden noch als Inkarnation ihrer Tochter erkannt hat, zu helfen. Sie hatte das Schlimmste befürchtet, und soeben ist es wahrhaftig eingetreten. Keine Weisheit dieser Welt kann sie nun davon befreien.

Zusammengehockt kauert Marie am Boden, hält sich die Hände vors Gesicht und wippt traumatisch hin und her. Ihr Mund ist weit aufgerissen, doch kein einziger Ton kommt über die Lippen. In ihrem Kopf wiederholen sich fortwährend Georgs letzte Worte: ‚Lukas‘ und ‚tot.‘

„Wo ist er? Er muß doch irgendwo hier sein“, fragt sie wie vom Wahnsinn befallen und beginnt gleichzeitig, hilflos zu weinen.

„Nein, er ist tot“, beschwört Georg. „Du mußt es mir glauben.“

Marie schüttelt den Kopf. „Das kann ich nicht!“

„Es ist aber die Wahrheit.“

„Nein, du willst mir nur wehtun.“

„Nein, Marie, die Männer waren dabei und werden es bestätigen.“

Angsterfüllt schaut sie ihn an und sieht in seinem hoffnungslosen Blick, daß er die Wahrheit spricht. Ihr Körper beginnt zu vibrieren, ihr Kopf hängt schlaff am Hals, und kein Leid der vergangenen Monate ist mit dem vergleichbar, was sie jetzt fühlt. Nichts existiert mehr in ihr, alles fühlt sich leer und hohl an.

Wie automatisiert und als ob ihr Körper einen eigenen Willen herstellt, streckt sie Georg zitternd die Hände entgegen.

„Hilf mir“, bittet sie inständig.

Georg ist ratlos. „Ich verstehe dich nicht?“

„Hilf mir, bitte, ich ertrage den Schmerz nicht“, sagt sie erstickend und fällt weiter in sich zusammen. „Er war doch alles, alles, was ich hatte!“

„Nein!“ Georg hält sich die Hände auf die Ohren. „Ich will nichts hören, was ich sowieso schon weiß!“

Seine Trauer wechselt plötzlich zu Enttäuschung und Wut. Verbittert und ungehalten schreit er sie deshalb mit letzter Kraft an. „Ich wußte es vom ersten Tag an. Ich wußte, daß *er* unser Leben zerstören würde!“

Irene schließt die Augen, und Tränen rinnen haltlos über ihr betagtes Gesicht. Der scheinbar nicht zu brechende Glaube an Gott versagt in diesem Moment.

Georg, der keine Reaktion mehr erwartet, nickt, sich selbst zustimmend. „Von nun an, Marie, mußt du dir selbst helfen!"

Langsam wendet er sich ab und schleppt seinen geschundenen Körper hinter den Vorhang zum Bett.

Zu Hause in Brasilien (2)

Es bedurfte über 40 Jahre, bis Marie verstehen lernte, mit ihrer Trauer umzugehen. In der Gegenwart weiß sie um die glückseligen Zeiten und daß nichts vergleichsweise jemals dem nahekommen wird. Wenige Stunden Glück genügen, um ein Leben auszufüllen und lebenswert zu machen.

Der Dorn des Verlustes veranlaßte sie jedoch, keinem Mann je wieder Liebe zu schenken. Zurückgezogen und von der Erinnerung zehrend, verbrachte sie ein isoliertes, einsames Leben.

Dankbarer Trost war und ist ihr Lukas' wunderbarer Sohn, eine erkennbare Wiedergeburt seines Vaters. Er kam am 2. Dezember 1921 zur Welt und verwandelte das Dunkel in Maries Herzen zu Licht. Heute lebt er mit seiner eigenen Familie gemeinsam im Haus der Mutter.

Zwei Jahre nach Lukas' Tod stellte sich schlagartig eine segensreiche Ernte auf dem von ihm angelegten Feld ein. Seither konnte Marie aus eigener Kraft für sich und ihren Sohn ein gut bemitteltes Leben aufbauen.

Irene glaubte fest, das Land sei durch den großen Verlust seines Erschaffers gesegnet und daß von daher der Reichtum rührte. Die beiden Frauen blieben stets in freundschaftlichem, vertrauensvollem Kontakt, bis Irene im Alter von 82 Jahren an Herzschwäche starb.

Marie erwacht aus ihren Erinnerungen, die sie seit jeher täglich begleiten und kehrt in die Gegenwart zurück. Durchs offene Fenster beobachtet sie ihren Sohn, der mit Würde den Namen seines Vaters trägt. Nach wie vor arbeitet er beflissen auf dem Feld und entdeckt in diesem Moment seine Mutter.

„Die Ernte wird in diesem Jahr besonders ertragreich“, ruft er, greift tief in den Erdboden, hebt ein wenig davon auf und riecht daran.

„Das ist ein gutes Stück Land, Mutter“, versichert er und schaut wie einst sein Vater zufrieden hinaus auf den fruchtbaren Boden.

Marie lächelt. „Ja, das ist es“, sagt sie leise zu sich selbst und vor allem *‚mein Land‘,* denkt sie still.

Obwohl ihre Anwesenheit auf diesem Fleck Erde einst unfreiwillig war, fühlt sie sich nunmehr geborgen und daheim. Hier hat Marie die wertvollsten Momente ihres Daseins erleben dürfen und sich unvermeidlich jenem Land verschrieben.

Der lange Weg dahin führte sie *heimwärts* und ist ein Inbegriff ihrer eigenen Vollkommenheit. Nicht einmal das elterliche Dorf in Deutschland könnte dem jemals gleichkommen. Brasilien hat ihr unerreichtes Glück gebracht, und dies zu bewahren ist niemals gleichzusetzen mit Glück überhaupt erst einmal zu empfinden.

Georg hingegen konnte die grenzenlose Abneigung dem Land gegenüber nie überwinden. Er verließ Brasilien bereits wenige Wochen nach Lukas’ Tod. Ihre Ehe wurde bis heute nicht aufgehoben. Georgs gesundheitlicher Zustand blieb auch in Deutschland unerklärlich schlecht. Er kam nie wieder vollständig zur Ruhe und starb im Alter von 51 Jahren an einem seltsamen Erstickungsanfall.

Marie erfuhr von seinem Tod aus Elisabeths Briefen. Die beiden Freundinnen schreiben sich bis heute regelmäßig. Dem fortwährenden Drängen Elisabeths, sie einmal in Deutschland zu besuchen, gab Marie nicht nach. Sie kehrte nie wieder in die einstige sächsische Heimat zurück.

Inhalt